osananajimi no imouto no kateikyoushi wo hajimetara 4
「まなみから、えっと……
一緒に寝たほうがいいとか……」
康貴と念願の恋人同士になって順調に交際を続けているが、恋人っぽさを気にし始め……より大胆な行動に。

osananajimi no
imouto no kateikyoushi wo
hajimetara 4

CONTENTS

幼馴染と一緒に修学旅行
「記念撮影、ね？」
「あ、あぁ……」
藤野康貴《ふじのこうき》
積極的な愛沙に振り回され気味なものの、愛沙の想いに全力で応えようと動き出し……。

HAPPY BIRTHDAY
高西まなみ
たかにしまなみ
康貴と姉の愛沙が恋人として、より距離が近づくよう全力で応援中。そして目指したい夢も見つかり……。
「わーい！　ありがとー！」
「これは……もう！　もともとは康貴が買ったんでしょ！」
「康貴くんに褒めてもらわないと割にあわない……」
入野有紀
いりのゆうき
引っ込み思案な性格も改善され、今は歌に集中と言いつつも、康貴への想いはまだ諦めきれない様子。
幼馴染の妹の誕生日

幼馴染の妹の家庭教師をはじめたら4

彼女になった幼馴染とキスをした

すかいふぁーむ

ファンタジア文庫

3102

口絵・本文イラスト　葛坊煽

幼馴染の妹の家庭教師をはじめたら

彼女になった
幼馴染とキスをした

osananajimi no imouto no kateikyoushi wo hajimetara

kanojoninatta
osananajimi to kisuwoshita

4

康貴《こうき》にぃに家庭教師をお願い出来てよかった。隣でノートを覗《のぞ》き込む康貴にぃを見て、改めてそう思う。

勉強はもちろん助かったけど、それ以上に、大好きな二人がまた一緒に笑ってくれるようになったから。

ちょっぴり複雑だけど、でも私はいま幸せで楽しい。

だから私は康貴にぃにこう言って、少しだけ甘えさせてもらう。

「康貴にぃ、これ解けたら撫《な》でてね！」

プロローグ　まなみの指摘

「終わったー」

「お疲れ様」

夏休み前から始まった家庭教師も随分慣れてきた気がする。

いつものようにまなみの部屋で勉強を教える。二学期は行事も多い分、テスト対策は早めにしておかないと大変な目に合うだろう。特にまなみのような部活で活躍が期待される人間は。

「運動部の助《すけ》っ人《と》も増えるんだろ？」

「んー、新チームができたばっかりだからどうだろ？　でもまぁ、大会には呼ばれてるー！」

楽しそうにクッションを抱きしめながらまなみが言う。

当たり前のように言ってるが助っ人ってそれだけでかなりすごいんだけどな……。

と、ちょうどよく愛沙《あいさ》が部屋にやってきた。飲み物とお菓子を載せたお盆を持って。

「あ、お姉ちゃん！　休憩だー！」

「ふふ。タイミング大丈夫だった？　康貴」

「ばっちり」

愛沙も混ざって三人でお菓子をつつく。

こんな光景ももう、いつも通りになってきたことにちょっと嬉《うれ》しさを感じていたら、まなみがふとこんなことを言い出した。

「お姉ちゃんと康貴にぃ、付き合ってもあんまり代わり映えしないよね」

「そうか？」

「そうだよっ！　まぁ元々仲良かったっていうのもあるけど……何というか……カップル感がない！」

「まぁ元々仲良かったならそれでいいだろ」

「んー……まぁいっかー」

まなみの言葉を聞き流してお菓子をつつく。

こころなしか愛沙がお菓子を食べるペースが遅くなった気がするけど……今はまだ、それを気にする余裕がないくらい、俺も付き合うということに不慣れで浮かれている部分があるなと感じていた。

カップルというより……


「綺麗《きれい》ねー」

「そうだな。にしても……愛沙は匂い、気にならないのか？」

「んー……慣れちゃったかも」

二人で銀杏《いちょう》並木を歩く。

銀杏《ぎんなん》の特徴的な匂いが鼻につくが、確かに徐々に鼻が慣れて収まってきた気もする。

「そういえばここで花火打ち上げてたんだったな」

「そうね。この辺りはすごい人だったんじゃない？」

屋上で見た花火を思い出す。

あのとき愛沙が、花火の音に隠すように告白してくれたおかげで、今こうして隣を歩いていられるわけだ。

「……どうしたの？」

「いや、花火大会、懐《なつ》かしいなって」

「……ふふ」

ちょっとだけ顔が赤くなった愛沙がちょっとだけこっちに距離を詰めてくる。

「寒くなってきた……から……」

「そうだな……」

肩が当たるくらいの距離で、二人でゆっくり、銀杏並木を進んでいった。

◇

「そろそろお店、予約時間だよな？」

「そうかも」

今日二人で出てきたのはただのデートではない。有紀《ゆうき》の家がやってるカフェ……俺たちのバイト先からの依頼を受けて、秋のフェアメニューの調査に向かっていたのだ。

二人して早く着きすぎたから公園で時間を潰していたんだが、流石《さすが》にそろそろ行かないといけない……んだけど……。

「離れたくない……かも……」

公園の芝生に座って、寒いからと俺の腕を抱きかかえるようにくっついていた愛沙がそんなことを言う。

「それは……」

俺も離れたくはないのはもちろんなんだけど……。そうも言っていられないわけで……。

俺のそんな葛藤を感じ取ったのか、ぱっと手を離して愛沙が立ち上がる。

「ふふ。よし！　行こっか」

「え……？」

「早く行かなきゃ間に合わなくなっちゃうから」

そう言って顔を逸らしながら手を差し出してくる愛沙。

「名残惜しそうな康貴の顔見たら満足したかも？」

「なっ……」

愛沙の言葉に苦笑いしながら手を取って立ち上がる。

楽しげに笑う愛沙を見ると、何か文句を言う気もなくなっていった。

そのまま手をつないで何軒かお店を回って秋の味覚を楽しんだのだった。

◇

「いらっしゃ——康貴くん、愛沙ちゃん」

「あ、お姉ちゃんたち、おかえりー！」

「ただいま……でいいのか？」

夕方、ちょうどお昼営業が終わるくらいに俺と愛沙はカフェにやってきた。

お客さんもいなくなって、もう掃除の準備を始めているようだ。

「どうだった？」

「うん。美味《おい》しいのはもちろんだったけど、なんとなく人気になりそうな方向性はわかったかもしれない」

「お、流石康貴くん、頼りになるねぇ」

「いえ……」

愛沙とお店を回りながら、他のお客さんが何を頼んでいるか、どんな年齢層かとかも見てきたけど、全部マスターに言われた通りにしただけだからな……。

「さて、それじゃぁ片付けはあとにして、話を聞きながら休憩といこうか」

マスターがコーヒーを用意しながらそう言ってくれた。

「それにしても、お似合いだねぇ、二人は」

「えっ」

「いやぁ、付き合いたてって聞いてたけど、なんかもう夫婦のようにすら見えちゃうよ」

「夫婦……」

マスターの言葉にドキッとしてしまう。

それを聞いていたまなみが続く。

「あー！　それだ！　カップルっぽくないなって思ってたんだよね」

「もう夫婦……はぁ……本当にどうしようもないなぁ……」

テーブルを拭いてた有紀がそのままテーブルに顔をうずめ始める。いくら告白されたとはいえ親も本人の前でこれは……いやまぁ仕方ないか。

「えー、でも修学旅行とかあるし、まだまだわかんないんじゃない？」

ニヤッと笑いながらこちらに視線を送ってくるまなみ。

「──っ⁉」

思わず俺の腕を抱きしめる愛沙。

「もー……いいもん……ボクはしばらく音楽に生きるから……」

そんなやり取りを経て、フェアメニューの報告会へと移っていった……。

愛沙の葛藤【まなみ視点】

「むー……」

「どうしたのお姉ちゃん……」

「夫婦、かぁ……」

「あんまり嬉しそうじゃないなぁ」

お姉ちゃんに呼ばれたから部屋に行ったはいいものの、ずっとこんな調子でぬいぐるみを抱えてうなり続けてる。

あのぬいぐるみ、もうずいぶんくたびれちゃってるけど……康貴《こうき》にぃにもらってからずっと大事に補修しながら飾り続けてたもんなぁ……。

本当にお姉ちゃん、康貴にぃのこと好きなんだなぁ。

「夫婦って、なんか小学校のときにも言われた気がするのよね」

「あー……」

仲良かった頃、両親も含めてそんなことを言ってた気がするし、私もお姉ちゃんたちもよくわからないけど仲良しを褒められてるようでそれほど気にもしてなかったはずだ。

「夫婦……夫婦……うぅー」

「お姉ちゃんは、恋人っぽいことがしたいのかな？」

「――っ⁉」

ボンッと音が出そうな勢いで顔が真っ赤になるお姉ちゃん。可愛《かわい》いなぁ……。でも恋人って聞いただけでそうなるくらいだから、落ち着いた付き合いになって夫婦っぽくなるんだろうなぁ……。

まぁ実際もう結婚もするんだろうなって思っちゃうくらいだし、それはそれでいいんだけど……いっそそうなってくれたほうが諦めもつくし、名実ともに妹になれるわけだし……。

おっと、まあとにかくお姉ちゃんの相談に乗ろう。

場合によってはまたお手伝い、するとしますか。なんだかんだ楽しいのも事実だし、何より二人の間に私がいられるのは嬉しかった。

流石にそろそろ私なしでも、という思いもなくはないけど……まぁ仕方ないよね。もしそうなら私も有紀くんも全く勝ち目なくなっちゃうし、このくらいでいいかもしれない。

「お姉ちゃんは康貴にぃとどんなことしたいの？」

「どんな……えっと……」

考え込み始めるお姉ちゃん。

ぬいぐるみを抱えながらも、指折りしながら何かやりたいことを頭の中に思い浮かべていってるんだろう。

指が片手で足りなくなってきた辺りから徐々に顔が赤くなっていって……。

「――っ⁉」

あ、限界を超えた。

プシューという音が聞こえてきそうな真っ赤な顔で、目を回しながらお姉ちゃんがこちらを向く。

……本当に世話の焼けるお姉ちゃんだなぁ……。

「お姉ちゃんさ、明日康貴にぃと有紀くん呼んで、作戦会議しよっか」

「作戦会議……？」

「うんうん。恋人っぽいこと、皆で考えて書き出して、それを一個ずつやっていくの！」

「恋人っぽいこと……」

「そうそう！　お姉ちゃんたちだけだと多分ほら、今まで通りな感じになっちゃうだろうし……私と有紀くんが恋人だったらやりたいこととかも含めて書き出してさ」

「なるほど……？」

「恋人っぽいこと探しの作戦会議！」

「恋人っぽいこと探し……うんっ！　やるわ！」

「よーし！　じゃあ有紀くんには声かけておくから、お姉ちゃんは康貴にぃを呼んでおいてね！」

「わかった」

よしよし。

今のお姉ちゃんはポンコツモードだから何も疑ってこない。

手伝ってあげるんだから、私と有紀くんにちょっとおこぼれがあっても、怒らないよね？　お姉ちゃん。

ニヤッと笑いながらお姉ちゃんの様子を見ていたけど、私の思惑にも表情にも気付くことない様子で、お姉ちゃんは顔を赤くしながら康貴にぃにメッセージを送っていた。

ほんと、ずるいくらい可愛くて、まっすぐなお姉ちゃんだった。

〝恋人〟の家庭教師

「第一回！　恋人っぽいこと探し作戦会議～！」

愛沙《あいさ》に呼ばれて高西《たかにし》家に来たら、なぜか愛沙の部屋にまなみと有紀《ゆうき》もいて、気付いたら謎の作戦会議が始まっていた。

「えっと……」

「康貴にぃ！　これは恋人同士になった二人のための家庭教師だからねっ！」

まなみが腰に手を当てながらビシッとこちらを指差してそう言う。

なるほど……なんとなくわかった。

「付箋をたくさん用意したので！　ここに恋人が出来たらやりたい憧れの内容を書いていって、どんどんこの模造紙に貼っていきます！」

有無を言わさずまなみから大きめの付箋が渡される。

有紀の目には「なんでボクまで……」という思いがありありと現れていた。

まなみの思いつきに巻き込まれたんだろうな……。

「康貴にぃは出てきたのを見て判定役をやってもらいます！」

「判定役ってなんだ……？」

「んー……まぁ、ちゃんと読んでくれればいいかな？」

あんまり深く考えてなかったんだろうな。

何はともあれ、俺は直接参加するというより三人から出てくるものを見ていればいいということらしい。

「ちょっと前から話が出てたけど、お姉ちゃんと康貴にぃはちょっと落ち着きすぎてて、カップルというより夫婦だからね。ここでちょっと、恋人っぽいことをしてもらおうと思います！」

まなみがグイグイ進めていく。

まぁ、愛沙が何も言わないどころか、むしろもう付箋に何かを書き出していってる辺り、これはまなみの提案ながら愛沙も乗っかった話というわけだろう。

間接的に愛沙の願望も知れるし、そもそもこれが愛沙の望んでることだとしたらまぁ、応えたい。

「よーし。じゃあ五分で書けるだけ書いていこー！」

「恋人っぽいこと……か」

「うんうん！　ほら、手を繋《つな》いでデート、とかさ！」

手を動かす三人を眺めながら、俺も頭の中で思い浮かべていく。

手を繋ぐとかで考えていくと……徐々に恋人って物理的に距離が縮まるし……そりゃちょっとはそういう方向に頭がいく。

ただ流石《さすが》にこのメンバーで、しかも付箋に書き出したら誰が書いたかなんてバレバレの中でそういうことを書くことはないかと思ってたんだが……。

「エッチなことも書いていいの？」

「なっ⁉」

踏み込んだのは有紀だった。愛沙が固まっている。

「いいよ！」

「いいのか⁉」

まなみの即答に思わず突っ込んでしまう。

「だってほら、恋人ってそういうのもあるし！　少女漫画はカゲキなんだよ～？　康貴にぃ」

ニヤッと笑ってまなみが言う。

そういうものか……。いやまぁたしかにこれは恋人っぽいことを書き出すためのもので、実際にやると決まってるわけじゃないしな……。

「ちなみに書いてあることはこのメンバーで全部やるからね！　お姉ちゃんが出来ないなら私と有紀くんが康貴にぃを借りてやるってことで」

「えっ⁉」

ウキウキでペンを進めていた愛沙が固まる。

「あ、康貴にぃはあまりにアウトなのだけなしって言ってくれればいいかな？」

「まぁ、それならいいか」

「どう？　お姉ちゃん？」

「……いいわ。全部私がやるから！」

「出来るかなぁ？　じゃあ今年のうちにやりきるってことで」

「わかったわ」

「よーし、じゃあ五分計るから書いていこー！　スタート！」

完全にまなみペースに乗せられたまま始まってしまった。

こうなってくると無難に出来るものを書くしかないけど……。

すでに何枚も付箋に書き出していた愛沙。

あの発言があった有紀。

そしてこの企画を提案したまなみ。

……どう考えても嫌な予感しかしない。

ただもう俺に出来ることはあまりないし、一応判定役っていう名目だからまずいものは弾《はじ》けるとして……。

「思い浮かぶもの、大体やったこと、あるんだよなぁ……」

恋人らしいこと、でいえば付き合う前から何度も一緒に出かけているし、手を繋いだり、なんなら泊まりで出かけたり、ハプニングながら一緒に風呂《ふろ》に入ったり寝たりもしているわけで……。

そう考えるとこう、恋人らしいを通り越して夫婦と言われる理由もなんとなくわかりそうなものだな……。

じゃあ恋人らしいってなんだ……？

考え方を変えるなら……俺が愛沙としたいこと、か……。

色々頭の中で考えがグルグル回り続けたのち、あっという間に五分が経過してキッチンタイマーが鳴り響いた。

いつも俺が家庭教師のときに使ってるやつだ。

「しゅーりょー！」

バタバタと最後に愛沙がなんか書いたり消したりしていたが、一旦全員の付箋を貼って

いくことになった。

「さ、康貴《こうき》にぃ、読んでいって読んでいってー！」

「はいよ」

そこに書かれていたのは……。

・プリクラを撮ってくる
・手つなぎデート
・温泉旅行

この辺はなんか、もうやってるな……。

そしてこれを書いた本人は隠すつもりもないようで……。

「有紀の字だな」

「……ボクもやりたい」

「そう来たか……」

威嚇するように愛沙が俺の腕に抱きついてきて、有紀の目が一段と細くなる。

なんというか引っ越してきたばかりの頃を思うと相当変わったというか、このメンバー

だからこそというのもあるが、有紀が昔のように強気になってきているのはいい傾向かもしれなかった。

腕に抱きつく愛沙の力が強くなった気がして思わず現実逃避をしながら、他に出された提案の方に視線を移した。

・カップル用メニュー制覇
・ハグ
・添い寝
・お弁当をつくる

やったことはあるけど改めてやるとなるとハードルが高いものから、やったことがないことも混ざり始める。

「……なによ」

「いや……」

愛沙の顔が真っ赤だった。ここに書いてあることは絶対全部やろう。

そして次。

・ボルダリング
・トランポリン
・スポッチャ

「これはまなみか」

「えへへ」

「これも全部やるか」

「いいのっ⁉」

「というかこれは四人で行くために書いただろ」

「あはは。バレちった」

身体《からだ》を動かしたくてしょうがないまなみらしいチョイスではあるが、まぁいいだろう。

と、そこに有紀が付箋を付け足した。

「ライブに来ること……なるほど」

「仕方ないからせめていいところ見せたいし……そうじゃなくても皆《みんな》には来てほしかったから……」

「もう予定があるんだな」

「うん。オリジナルで曲作ってもらえることになって、ライブまでに何曲か用意していくみたい」

「すごいな……」

　本格的に歌手としての道が始まっていくわけだ。

「康貴にぃ、有紀《ゆうき》くんは将来人気者になりそうだから今のうちじゃない？」

「何がだ……」

　まなみの挑発はほとんど愛沙《あいさ》に向けられたもので、狙い通り愛沙の威嚇が激しくなる。

　俺の腕に抱きついて猫のように二人を睨《にら》んでいた。

「こういうお姉ちゃんも可愛《かわい》いよね」

「それはそう思うけど……」

「ちょっと康貴！」

　愛沙に怒られながら、付箋の内容をまなみが書きまとめていった。今ピックアップしたのはあくまで一部。

　なんだかんだかぶりも含めて結構数があるな。

　そんなことを考えているとふと、愛沙が書いた付箋が目に止まる。

「あれ……？」

ハグの後ろに何かを書いて消したあとがある。結構色々書いてあるけど……。

キス……ペアリング……。

顔が熱くなるのを感じる。

ちょっとくらい俺も、意識しておいたほうがいいんだろうな……。

恋人っぽいデート

まなみの思いつきで始まったデートの指示。

今日は手を繋《つな》いで出かけるのと、カップル向けのフォトスポットで写真を撮ったりする、予定だ。

「な、なによ……」

いざこうしないといけない、というのがあるとどうしても固くなる。愛沙は出かける前から顔が真っ赤だった。

「いや、手を……」

「……ん」

これまで手くらい何度も繋いだことがあるのに、いざこうして意識すると妙な気持ちになる。

ちなみに今日は高西《たかにし》家に愛沙を迎えに行っての出発。今は玄関で、見送りに出てきたまなみと、まなみと遊ぶ予定らしい有紀が俺たちを眺めてそれぞれこう言う。

「初々《ういうい》しいねぇ」

「何もしてないのにイチャイチャした空気が出てる……」

その言葉にまた顔が真っ赤になる愛沙。

仕方ない……。

「行こう」

「えっ」

「おっ、康貴にぃからいったかぁー！」

「くっ……」

愛沙の手を引いて逃げるように玄関を離れていく。

「いってきます」

「え？　あっ……いってきます」

「いってらっしゃーい」

まなみは笑いながら、有紀は何かを諦めたような顔でそう言って送り出してくれた。

◇

「ねぇ……康貴……」

家を出てしばらく、いっぱいいっぱいな表情でこちらを見つめるだけだった愛沙が、電

車に乗ったところでようやく声をかけてきた。というより、かけざるをえなくなった。

今日はデートコースもまなみたちと決めたものになっていて、電車を使う。

電車内でもなるべくくっついて手を繋いでおくこと、と言われていたんだが、それどころじゃない状況になっていたのだ。

「んっ……康貴……」

「大丈夫だから動こうとしないで」

「でも……」

運悪く遅延と重なって、俺たちは満員電車で密着を余儀なくされていた。

壁際《かべぎわ》に愛沙を置いて、ほとんど壁ドンみたいな形でなんとか愛沙のスペースだけ確保しようとしたんだが、それすら難しくて結局愛沙と正面からくっつくような形になっていた。

こうなると嫌でも意識が……。

「その……気にしないで、ね？」

「ごめん」

胸が当たってることを流石《さすが》にどちらも意識しないわけにいかず、そんな会話が出てくる。

気まずくなりかけたところで……。

「ハグの練習……だから」

そう言って愛沙が自分からこっちに寄ってきて、顔まで近づけてきた。

「狭いから、仕方ない……でしょ？」

「そう……だな」

いっぱいいっぱいの俺はそれしか答えることが出来なかった。

◇

「カップル用ジャンボデラックスパフェ、お待たせいたしました」

「すごいな……」

電車に乗って数駅。

ずいぶん遠く感じる行程ではあったが、無事目的の店にたどり着いた。

SNSで話題の巨大パフェ。二層に分かれており、下は飲み物になっているんだが、これを飲むには備え付けられた長いストローを二人同時に吸わないといけないという、カップルメニューになっていた。

「……大丈夫か？」

色んな意味で。

ただもう愛沙は覚悟を決めた顔だった。

「大丈夫よ。まずは食べましょうか」

「ああ……」

この量を食べきるのはそれなりに大変だろうな……。

ホールケーキが丸々載っかっているんじゃないかと思うほど巨大なパフェに、色々覚悟を決めてスプーンを入れていく。マスターに教えてもらってコーヒーが飲めるようになっておいて良かった。絶対胸焼けしただろう、ケーキだけじゃ。

ただ味は……。

「美味《おい》しいっ！」

「ほんとだ。それにそんなに重たくないな」

「うんっ！　これならこの量でも……」

そう言いながら一瞬愛沙の視線が下を向いた。お腹《なか》を見つめた気がするけど、気にすることはないプロポーションだもんなぁ。むしろちょっとくらい肉がついても健康的に見える範囲だと思う。

ただまぁ流石に何か口に出すと全部地雷な気がしたので、俺は話題を逸らすことにした。

「飲み物、どうする？」

「そうね……そっちも少しずつ減らさないとよね」

テーブル越しにそびえ立つパフェ。そこから延びる二つのストローを見て、二人して固まる。

「えっと……同時に飲まないと出ない仕組みらしいから……」

「そうよね、しょうがないわ。飲み物は必要だし、ね」

甘さにやられないようにと頼んだコーヒーや、最初に運ばれてきて氷が溶け始めたお冷のことはもうこの際、忘れよう。

「じゃあ……」

「せーので」

お互いストローに口をつける。

考えてみればなんだかんだ、ここまで顔が近づくということは今までなかったかもしれない。

新鮮だ。

飲み物を飲みながら愛沙の顔をついまじまじと見つめてしまった。

大きい瞳、長いまつげ、綺麗《きれい》な肌。本当にパーツ一つ一つが完成されているというか……改めてとんでもなく可愛い子と付き合ったんだなと思って顔が赤くなっていくのを感じる。

だがそれ以上に……。

「ぷはっ！　見すぎよ！　康貴《こうき》！」

気付いたら俺以上に顔を真っ赤にしてそう叫ぶ愛沙《あいさ》がいた。

「ごめん」

「もう……」

パタパタ顔を扇《あお》いだりしてから、真っ赤な顔のままでこちらを見つめてくる。

「その……何か、変だった？」

不安そうに、髪の毛で顔を隠しながら上目遣いで聞いてくる愛沙が可愛《かわい》すぎる。

「いや……綺麗だなと思って」

「……なっ⁈」

一拍遅れて愛沙の顔が更に赤くなっていった。

パフェにアイスが載っていてよかったと思う。お互いここから顔の熱を冷ますのにしばらく時間がかかったから。

報告会

その日の夜。

「おかえりー」

「ただいま」

デートを楽しんだ俺たちは高西家で遊んでいたまなみと有紀《ゆうき》のところに帰ってきた。

夜は合流して今日のことを報告することになっていたのだ。

「どうだった？」

「どうだった……って言われてもな」

まなみがまとめたやることリストをこなしていく、という意味では……。

「手は繋いだし、カップル特典のある喫茶店でカップル用メニューを頼んできたし……」

「おお！　写真は？　写真！」

「……これ」

愛沙が顔を逸らしながらまなみに携帯を渡す。

「うぅ……ボク、どうして好きな人のデート報告聞いてるんだろ……」

巻き込まれた有紀が一番不憫《ふびん》かもしれない。いやまぁ、まなみが呼び出してる以上このままというわけではないだろうけど。

「おっ！　ちゃんとストロー使ってるところまで写真撮れたんだねー！　どだった？　ドキドキした？」

「それは……うぅ……したわ」

「電車でも手繋ぐって言ってたけどしたの？」

有紀が半ばやけくそ気味に聞いてくる。

「あー……一応近くにはいたけど、手は繋いでなかったというか……」

「あれー？　じゃあこれはボクが代わりにやる？」

吹っ切れたのかグイグイくる有紀にタジタジになるが、なんとか事情を説明する。

「混み過ぎてそれどころじゃなかったんだよ。ずっと近くに……というかくっついてたから……」

精一杯の説明を聞いた有紀は……。

「ふぅーん」

なぜか愛沙の胸を凝視していた。

「ボクのほうがあるけど、どう？」

「なっ⁈」

有紀が胸を強調するように腕で挟みながらそんなことを言い出し、愛沙が飲み物を吹き出しそうになっていた。

「あはは。でもなんか、写真見てるとまだたどたどしいよねー」

有紀と愛沙が何か言い出す前にまなみが写真に話題を戻していた。

まなみの言うことは確かに俺も感じていたところで、今日行ったカップル向けの場所にいるカップルたちとはどうも雰囲気が違った気はしていた。

何かこう、経験値の違いがあるというか……。

「普段はこんな落ち着いてて夫婦っぽいとか言われるのに、カップルっぽいことって意識するとダメなんだねー」

まなみが笑うがその通り過ぎて俺と愛沙は何も言えなくなっていた。

「よし。お姉ちゃん。電車ではくっついてたみたいだけど、もっとダイレクトにいって少しずつカップルらしさを手に入れていこう！　まずはもうここでぎゅーとかしちゃえばいいんじゃないかな？」

「ぎゅー⁈」

「うんうん。ほら、やらないなら私がやってもいいけど？」

いたずらっ子な表情でまなみが俺の方にじりじり迫ってくる。

「だ、だめっ！」

まなみから奪い取るように俺の腕を抱きかかえる愛沙。だがまなみの攻撃はここで終わらなかった。

「その勢いでもっと色々してれば慣れるんじゃないかなぁ？　一緒に寝たこともあるくらいなんだし。なんならもう一回添い寝しちゃう？」

「なっ……」

「それかあれかなぁ？　キスくらいしたら、カップルっぽくなるかな？」

ニヤッと笑うまなみ。

愛沙が限界を迎えて目がグルグルし始めていた。

おそらくここまでまなみの計画通りに進んで、いよいよまなみが本題に入った。ごそごそと机の下から何かを取り出して……。

「割り箸……？」

「そう！　ほら、一本だけ当たりがあるでしょ？」

四本の割り箸。その先端に一本だけ、赤い印がつけられていた。他の三本には数字が振られている。

これは……。

「にひひ。王様ゲーム！　やろ？」

「王様ゲーム……」

絶対ろくでもないことになるから止めようと思ったんだが、味方になるはずの愛沙はいま役に立たない。目がグルグルしてるから……。

有紀と目があう。いくら最近グイグイきてる有紀でも元があれだけ引っ込み思案だったんだ。流石《さすが》にこれは嫌がるかと思ったが……。

「いいね！　ボクが王様になったら康貴くんとぎゅーくらいはしていいのかな？」

「王様の言うことは絶対、だからね？　お姉ちゃん」

「え？　あう……えっと……」

「でもほら、お姉ちゃんが王様になったら、康貴にぃと——」

その先は耳元に近づいていって小声になったせいで聞こえなかったが、愛沙の顔が一段と赤くなって……。

「や、やるわ！」

やる気になって戻ってきてしまった。

止める手段がなくなってしまったようだった……。

◇

「「「王様だーれだ！」」」

ゲームは意外にも平和に進んでいた。

最初はどうなることかと思っていたが、まなみの部屋はよくわからないパーティーグッズの宝庫だ。罰ゲームグッズも当然たくさん用意されている。

結果……。

「やっとボクの番！」

鼻眼鏡をかけさせられた有紀が立ち上がる。本日の主役と書かれたタスキがこころなしか嬉《うれ》しそうにたなびいた。

「一番が三番とハグ！」

「あ、私一番だ！」

「三番は私ね……」

「じゃあお姉ちゃん、ぎゅー！」

「うぅ……」

さっきからこんな光景ばかりを見ていた。まなみはともかく、改めてやると恥ずかしい

ようで、愛沙の顔が赤い。これはこれでなんかいいな……。有紀もうそれを楽しみ始めた節があって、ちょっと満足げに二人を見つめていた。

最初は王様を指定してハグなんかがあったんだが、自分が指定した相手に抱きつかれるというのは女子同士でも恥ずかしいらしく、何かないかと思っていたところでまなみがパーティーグッズを広げて、結局罰ゲームの応酬と、王様がいちゃつく二人を見つめるという謎のゲームになっていた。

ちなみに俺はここまで奇跡的に、王様を一度も引かず、指名にも一度も引っかかることがなかった。

「平和だな……」

「そう……ね？」

罰ゲームで猫耳をつけられた愛沙がそっと手を重ねてくる。

「むぅ……次行こ次！」

王様である有紀が割り箸を集めて次のゲームを始めた。

「「「王様だーれだ！」」」

「あ、私だー」

まなみが手を上げて赤い印をみんなに見せる。ここまでが平和だったから、ちょっと油

断していた部分があった。いや油断とか関係なく避けられるものじゃなかったんだが、まなみはこれまで誰もやらなかった方法で現状を大きく変えてきたのだ。

「一番はやく動いた人だけ、好きな人の上に座れる！」

「え⁉」

気付いたときにはもう、あぐらをかいた俺の足の上にちょこんとまなみが乗っていた。

「そんなのありか……」

「えへへー」

「なるほど……そんな手が……」

まなみが俺に乗ってくるくらいなら愛沙《あいさ》もそこまで気にしないんだが、これで一気に状況が変わった。

有紀が同じことをしだしたら、運動神経でまなみと有紀に無双される未来が見える。

「……っ！」

愛沙が勝つには自分が王様になるしかなくなったわけだ。俺ももちろんこれ以上好きにやらせるわけにはいかないし、自分で王様を引く必要が出てきた。

「お姉ちゃんも乗りたいんでしょ？」

「それは……」

「でもこの方法じゃお姉ちゃんが言い出しても、私たちのほうが早く動けちゃうね？」

「う……」

ぴょんぴょんと楽しそうに俺の足の上で跳ねながら話すまなみ。

軽いし可愛《かわい》い妹って感じだからいいんだけど、動くとダイレクトにおしりの形が伝わってくる気がするからせめてじっとしていて欲しいんだけど……。

いや変に意識するのはやめよう。

王様を引き当ててとりあえずまなみに降りてもらって……と考えていたら、意外にもまなみのほうから助け舟が出された。

「ねぇ、お姉ちゃんが勝つためにも、名指しで出来るようにしちゃう？」

「名指しで……？」

「そうそう。そしたらお姉ちゃんは康貴《こうき》にぃの膝の上に座る、とか言えるし、スピード勝負にならなくていいでしょ？」

「なるほど……」

これは——

「いいわ！　やりましょ！」

まずいと思ったが止める間もなく愛沙が宣言してしまう。有紀《ゆうき》の目が獲物を狙う目にな

ったのを見逃さなかった。

ここはなんとしても引き当てないとだけど……。

「じゃ、引いてください！」

「あっ！」

まなみが用意したくじを真っ先に持っていったのは有紀だった。

「ごめんね愛沙ちゃん……まなみちゃんは隠しながら混ぜてたけど、ボク本気になれば音だけでどこに当たりがいったかわかっちゃうんだ」

宣言通り、有紀の手に握られた割り箸には赤い印が入っていた。いやさらっととんでもないこと言った気がするけど、とにかくこうなると有紀の王様は止められないということになるんだが……。

「じゃあ王様命令です。康貴くんは動かないこと」

「え……？」

それだけ言うと俺の隣にすっとやってきて、遠慮がちに肩を寄せて座ってきた。

「えっと……」

「それだけ……？」

俺の代わりにまなみがそう言うくらい、有紀の命令は控えめだった。

するとと有紀がいつも以上に髪をひっぱって顔を隠しながら、もじもじとこう告げた。

「だって……いざとなるとこのくらいが限界……」

あんなに色々言ってたのに……。

このくらいなら大丈夫かと思っていたが、膝にまなみが乗り、反対隣には有紀がくっついている。愛沙を見ると……。

「むぅ……」

わかりやすく頬を膨らませてちょっと涙目になっていた。これは……。

「流石にそろそろやめるか？」

「だめっ！　それにその……ゲームだから……」

涙目になりながらも愛沙が続行を宣言した。仕方ない……もう王様命令でやめにしてもいい。

有紀がくじを用意する。

まなみを警戒していたが、流石に有紀と同じ芸当はできないらしい。いや、しないだけかもしれないのが怖いところだけど……。

ともかく王様の割り箸は……。

「やった！」

愛沙の手に渡っていた。

小さくガッツポーズまで見せてくれる愛沙が可愛い。

「じゃ、じゃあ、その……康貴の上に、私……王様が乗る、で」

「しょうがないなぁ」

まなみがしぶしぶながら俺の上からどいて……。

「えっと……」

「大丈夫」

「えへへ」

心配そうにこちらを振り返った愛沙がはにかみながら腰を落としてくる。まなみより色々とサイズ感があるせいか、それともまなみとは違う関係だからだろうか。

さっきまで感じなかった緊張感や、同時に満足感みたいなものが身体《からだ》を包んでくる気がする。

「はぁ、ほんとに幸せそうだなぁ」

「あはは」

「まぁでも、ボクも乗りたかったけどこうしてみるとちょっと、乗らなくてよかったかも」

「どうして？」

幸せそうに俺の上を堪能《たんのう》する愛沙を尻目に、まなみと有紀の会話が続く。

「まなみちゃんのときはなんとも思わなかったけど、ボクと同じくらいの身長の愛沙ちゃんを見てるとその……ボクは体重が……」

その言葉を聞いた瞬間、愛沙の表情がピシッと固まり、かかってくる体重が幾分減った気がした。腰を浮かしたんだな……。

気にするような体重じゃないのに。

「えっと……大丈夫、だった？」

「全然だいじょ――」

「あ、じゃあ運動しよっか！」

有無を言わさずまなみが取り出したのは、カラフルな模様が描いてある一枚のシートだった。

「そんなもんまであるんだな……」

いわゆるツイスターゲームだった。

◇

「有紀くん、右足を緑！」

「こうかな？」

「なんでその角度でいけるんだ……？」

突如始まったツイスターゲームだったが、思いの外盛り上がっていた。

まなみは柔軟性も運動神経もあるが、俺とは身長差があり意外といい勝負が出来る。

有紀はその……。

「あ、待って、このままいくとおっぱいが……」

「……」

そういう理由で動きを制限されてうまく動けずにいた。

バランス良く動ける俺と愛沙が混ざってもそれなりに楽しくゲームが出来ていたし、今の有紀がそうしたように、なるべく接触しないように、本気でゲームをしていたから普通に楽しくなってきていた。

「お姉ちゃん……あ、これ厳しいかも」

「え？」

すでに四つん這《ば》いでプルプルしている愛沙に告げられたのは……。

「右足、黄色」

「黄色って、もうついてるから……」

「他のとこにしないとだねー」

ちょうど俺が塞ぐように一つ隣を使っているから、愛沙《あいさ》は結構大胆に動かないといけないんだが、もう見てる限り全然動けそうになかった。

「これはお姉ちゃんの負けかなぁー？」

「頑張る……！」

負け抜けのルールなので愛沙が退場すると俺が二人に囲まれることになる。

二人とも流石《さすが》に露骨なことはしないとはいえ、ゲームで身体がぶつかるし、それを見ていた愛沙のご機嫌は非常に悪くなっていったのでそれは避けたいんだが……。

「罰ゲームのくすぐり、そろそろ時間延ばしてもいいと思うんだよね？」

「ぐっ……」

そう、これがあって負けるわけにいかないのだ。

「康貴、ごめん」

「え……？」

愛沙がそう言って、無理やり足を動かしてくる。

近くにいた俺の方に足が伸びてくるんだが……。

「っ⁈」

「あ、康貴にぃが崩れたから康貴にぃの負けだねー！」

「今ので俺の負けになるのか⁉」

「お姉ちゃんがぶつかってたらお姉ちゃんが負けだけど、一人で倒れたからなぁ」

「いや……」

愛沙を避《よ》けようとしたからだからなんとか逃れられないかと思ったんだが……。

「ごめんね？　でも康貴、くすぐり弱くてちょっと可愛いから……」

「そんな理由で⁈」

「よし、じゃあボクが押さえるねー」

「え……」

あっという間に有紀に後ろから押さえ込まれる。

いつもは目立たないのに大きい膨らみが背中に当たるんだが、そんなこと考える余裕がないくらい、愛沙の目が普通じゃない。

「いや、半分は愛沙のためだったし、ちょっとくらい手加減は……」

「ふふ。まなみ、やっちゃいましょ」

「そんな……」

無慈悲な宣告ののち、結局三人がかりでひどい目に合わされたのは言うまでもない。

結局それでお開きになったんだが、愛沙の表情を見るに何か変なものに目覚めさせていないか少し怖くなるくらいだった。

スポーツの秋

休日。

野球、サッカー、バスケ、卓球など、あらゆるスポーツが時間貸しで楽しめる複合レジャー施設にやってきていた。

前回運動を目的にツイスターゲームをやったわけだけど、まなみと有紀《ゆうき》があの程度で満足するはずはなく、なんだかんだまた四人でやってくることになったわけだ。

にしてもあれ、ひどい目に合ったな……。まなみの思惑どおりか、愛沙のストレスは変な方向に発散され、有紀もまなみも楽しげだったのはいいけど、俺は犠牲になった気がする……。

「康貴《こうき》？」

「ああ、ごめんごめん」

愛沙に声をかけられて意識を戻した。

「いっくよー」

「ボクも本気でいくからね！」

まなみと有紀は隣のバスケのハーフコートで１ｏｎ１を楽しんでいる。

まなみの巧みなフェイント、有紀のスピーディーな動き出し、二人の技術と運動能力のおかげで、いつの間にかバスケコートの周囲は見物人が集まる始末だった。

「すごいわね……」

「そうだな」

俺たちはすぐ隣でキャッチボールをのんびり楽しみながら二人を見守っていた。

パンッと小気味よい音を立ててグローブにボールが吸い込まれる。愛沙も他の科目と比べれば体育が穴というだけで、流石にまなみと血がつながっているだけあり全く運動が出来ないというわけではない。

俺も俺で、一通りのことは父親のおかげで経験があるから、それなりにちゃんとキャッチボールが出来ていた。

「まなみは有紀が来てくれたおかげで楽しそうだな、本当に」

「そうね。私たちじゃこういうところに来ても持て余してたから……」

有紀と遊ぶまなみを見ていると、普段俺たちにどれだけ手加減してくれていたかがよくわかる。バスケは一緒にやったこともあるが、俺はあんなにグルグル旋回するようなフェイントも、あんな高い跳躍も見たことがなかった。

と、そこでバスケコートに設置されていたタイマーが鳴る。使う前にタイマーをセットして、鳴ったら待っている人と交代というルールだ。

まなみが俺たちの方を見て叫ぶ。

「お姉ちゃん！　康貴にぃ！　サッカーやろー！」

「だってさ」

「ふふ。ついていけるかしら」

なんだかんだ愛沙も楽しそうにしてくれていてよかった。

◇

「二対二だと微妙かなぁ、とりあえずフットバレーやろっか！」

「フットバレーって、地面につけずにパスするやつだっけ」

「そうそう！」

出来るか……？　リフティングでも二、三回で落とすのに。

「お姉ちゃんがどこに蹴っても私たちが拾うから！」

「え、俺も愛沙側じゃないのか？」

「康貴にぃは落としたり変なところ蹴ったら罰ゲームです！」

これは……。

「よーし、じゃあいっくよー」

まなみの蹴り出したボールは柔らかく俺のところに飛んでくる。このくらいなら何とか……。

「有紀！」

「はーい」

有紀のもとに蹴ったボールは多少高かったが、有紀が胸でトラップしてリフティングにつなげる。

いま一瞬ポヨンって音がした気がする……。

「愛沙ちゃん！」

「えっと……えいっ！」

有紀が蹴りやすい場所に出したボールを愛沙が何とか蹴り上げ……。

「お、私が拾うねー！」

有紀とまなみのちょうど間に抜けていきそうなボールに素早く追いついて、かかとでボールをコントロールするまなみ。

「すごいな……」

「じゃ、康貴にぃ！」

さっきより強めにボールが渡る。何とかコントロールして有紀へ。

――ポヨン

やっぱり高めに浮いたボールは有紀の胸に吸い込まれていくんだが、そこで完全にボールの勢いが止まるのは有紀の技術なのかなんなのか……。

「康貴……なんか有紀ばっかり狙ってない？」

「いや、一番取ってくれる可能性が高いから……」

「むぅ……」

何かを察した愛沙に咎《とが》められながらゲームを続けていたんだが、何かこう、有紀にパスが出しづらくなり、迷っている間にミスに繋《つな》がって結局罰ゲームになってしまった。

◇

「ジュース代で済むならまぁいいか……」

罰ゲームのために自販機までやってくる。コートではまなみと有紀がまた1on1でギ

ヤラリーを沸かせていた。

あれ？　愛沙《あいさ》は……。

「一人で持つの、大変でしょ？」

「来てくれたのか」

タオルで汗を拭いながら愛沙が手を差し出してくる。

「とりあえず飲んどいたほうがいいな」

出てきたばかりのスポーツドリンクを愛沙に渡す。

「ん」

受け取って飲んでいる間に、俺は人数分の飲み物を確保するために自販機のほうに向き直ったんだが……。

「ねえ、康貴」

「ん？」

飲み終わったのであろう愛沙が声をかけてくる。

その声に何か恐ろしいものを感じ取って、俺は振り返れなくなる。

「さっき、有紀のおっぱい、見てたでしょ」

「いや……」

「見てた……」

否定しきれない……。

いやでもボールの行方を追っていただけで不可抗力というか……ただまぁ、愛沙を怒らせたんだし謝らないとなと思って振り返ろうとした瞬間。

「えっ……」

後ろから急に抱きしめられた。

「その……私も別に、ないわけじゃないんだから……ね？」

何も言えなくなる。

心音がダイレクトに伝わってくる。というか汗。俺の服、結構濡《ぬ》れてるし……。色んなことが頭の中を目まぐるしく回って、やっぱり結局、何も言えずに立ち尽くした。

「私のことも、見て」

「……はい」

「ん！　よしっ！　じゃあ戻ろっか」

動けなくなった俺とは逆に、愛沙はケロッとした表情でそう告げる。

「ふふ。ちょっとは意識、してくれたみたいね」

「そりゃもう……」

「そっか……ふふ」

何が楽しいのか一転してご機嫌になった愛沙が飲み物を奪い取るようにして走りだす。

「ほら、早く戻りましょ！」

「あ、ああ」

結局もう一戦やって、愛沙に視線を奪われ続けた俺はもう一度罰ゲームを受けることになったのだった。

修学旅行の班

「よーし。班は決まったなー？」

担任の声が教室に響く。

文化祭、体育祭とイベント独特の高揚感が冷めやらぬ中、修学旅行の準備が始まった。

なんだかんだで俺と愛沙、そしてまなみと有紀《ゆうき》は頻繁に会っていたから割と切り替えられているんだけど、クラスの様子はまだまだ行事モードが抜けていない。いや、修学旅行ということで一層そんな雰囲気が加速した気もする。

班はスムーズに決まった。自由行動に特に人数制限はつけないようで、もういつものメンバーと言っていいくらいの仲になったグループで集まった。

男子は隼人《はやと》、真《まこと》、暁人《あきと》。女子は愛沙、秋津《あきつ》、東野《とうの》、加納《かのう》、そして有紀だ。

「まだのとこもあるようだが、班が決まったところから自由行動の予定を出していくように」

そんな担任の声を受けながら集まったメンバーを見て、若干クラスがざわめいているのを感じていた。

理由はわかる。わかっているんだが気にしないでおこうと思っていたところを暁人があえてつついてきた。

「そりゃお前、あの公開告白をした入野《いりの》、それを断った康貴《こうき》、そしてそのまま流れで告られた高西《たかにし》が揃《そろ》い踏みって……注目は浴びるだろ」

「あはは。しかも有紀はもう有名人だしねー、公開告白もだけど、ゆきうさぎだし」

秋津が乗っかってくる。

「あう……」

固まる有紀だが、しっかり秋津は皆の目線から遠ざけるように間に入ってる辺り、さすがだ。

「愛沙と藤野《ふじの》くんは一緒になるとして、ゆきうさぎなら、って思ってた男子、多そう」

ぼそっと、しかし急所を捉えにいった加納の言葉に露骨に顔を逸らす男子たち。

なるほどなぁ……。

「はいはーい。私たちはもうメンバー揃ってるし、自由行動の予定決めてくよ！」

「よーし。大阪に行こう」

「ま、京都奈良って中学でも行ったもんねー」

東野が仕切って話題を変えてくれる。ありがたいな。

他のメンバーももうさっきので満足したのか本題に戻っていった。というより、あれは周りの目を躱《かわ》すための一芝居だったかもしれないな……。

男連中としては真が率先して行動を決めていき、女性陣としては秋津が率先する形になった。

ちなみに真がその役を買って出たわけではない。

「おいお前らもなんか言えよ」

「ま、俺らはどこでも楽しむさ。任せたぜ、班長」

暁人が班長の部分を強調して真の肩を叩《たた》いていた。

つまり、ジャンケンの結果だった。

「隼人は行きたいところないのか？」

「ん？　俺はそうだな……そろそろ大会も始まるし神社にでも祈っておきたいかな」

「あー、そういうとこならまなみのお土産になるお守りとかも売ってそうだな」

「そうね」

家庭教師の有無にかかわらず集まる機会が多くなっていたから、まなみがここにいないことが違和感になるような不思議な気持ちだった。

「行事で色々活躍したお二方は、どこに行きたいの？」

ニヤニヤした様子で秋津が俺と愛沙の方にやってくる。

アクセントに若干悪意があったがまぁ、いじられるのも仕方ないか……。さっき終わったかと思ったらこれはこれと言わんばかりの笑みだった。

「恋人で行くなら縁結びとかか？」

真が言う。

だが加納にばっさり切り捨てられていた。

「もう結ばれてるのに？　むしろ変な縁がこんがらがりそうだけど」

加納の視線の先には有紀と隼人。

二人は……そうだよな。それぞれ俺と愛沙に……。

「でもでも、縁結びとか関係なくこのお寺はいいんじゃないかな？」

「ＳＮＳ映えを考えると莉香子《りかこ》はずっとここ行きたいって言ってたもんねー」

「そうそう。ほら、今をときめく人気歌手の有紀だってそういうのは必要でしょ？」

秋津がまくしたてる。

なんか妙に必死な気がするけど……まぁいいとしよう。

「他に行きたいところは？」

「京都と奈良は集団行動で一通り回るんでしょう？」

「有名どころは回るみたいだな」

「だったら自由行動は大阪行きたいかなー」

「自由行動のうち一日は京都にして、もう一日は大阪だね」

東野が流れを決めてくれていた。

「じゃ、その方向で行くぞ！」

「ユニバはお金かかるから道頓堀でたこ焼きを食べたい！」

「大阪城くらい行っとかないか？」

「神戸《こうべ》ってダメなんだっけ？」

「中華街！　たのしそー！」

なんだかんだで色々意見が出てくる。

「康貴はどこも行きたいところはないの？」

「そうだな……まあこのメンバーならどこでも楽しそうだから」

「ふふ。そうね」

「おやー、お二人さんはやっぱり別行動がいいかな？」

秋津がまたからかうように言ってくる。

「馬鹿言ってないで決めていこう」

軽くあしらったつもりだったんだが……。

「私はちょっとくらい、二人でも、いい……かも？」

愛沙がそんなことを言い出す。

完全に何かが吹っ切れてる顔だった。

「……ごちそうさま。まぁどっちにしても別行動で提出するわけにはいかないから、大まかな行程は決めるわ」

東野が巻き込まれるように顔を赤くして軌道修正する。

「いいのか？　生徒会が別行動止めないで」

暁人の茶々に東野がため息をついてこう言った。

「教室であんな宣言が出る子、止めたって無駄でしょ」

愛沙はようやく自分が言った内容を自覚したのか、それ以降ほとんどしゃべらなくなっていた。

制服デート

学園生活は行事モードが抜けきらない日々が続いていたが、休日も休日でバタバタと予定が舞い込んでくる。

恋人っぽいことをやるというまなみ提案の企画は続き、今日は制服でデートをしてくることになっていた。

「なんか久しぶりに駅で待ち合わせとかしたな……」

休日に制服というのも違和感なんだが、最近は迎えに行くことが多かったのもあってどこかそわそわさせられながら駅前で愛沙《あいさ》を待つことになった。

「早く来すぎたけど……」

集合時間は午前中、店が開く時間に合わせて設定したんだが、まだ三十分以上ある。休日の駅前は人も多い。万が一にも愛沙を待たせたくないと思って出てきたんだが、やりすぎだった気がする。

「どこかで時間潰すか……?」

開いてるカフェでもないかと歩き出そうとしたところだった。

「康貴……？」

「あれ、愛沙か」

「えっと……待たせた？」

「いや、さっき来たばっかりだし、まだ集合時間じゃ……」

言いながら愛沙に視線を奪われていた。

学園で見るのとはまた違う新鮮さが、今の制服姿にはあった。

「なによ……」

「いや、なんか新鮮で……」

「それはその……康貴もね」

「ああ、俺は違和感がすごいけど……」

どことなくぎこちない感じの会話になりながら、お互いの制服姿をまじまじと見つめ合った。

そんな中……。

「楽しみで早く来ちゃったけど……康貴もいて嬉《うれ》しい」

破壊力のある愛沙の一言に固まる。

まだどうしても表情が固くなることはあっても、こうして愛沙はまっすぐ気持ちを伝え

てくれるようになっていた。

その度俺や周りがたじたじになるくらい、デレた愛沙の破壊力は高かった。

「俺も早く来すぎたから、お店開くまで時間潰そうと思ってたけど……」

「そう……ね？」

言ってから恥ずかしくなって顔を赤くする愛沙にまたやられそうになりながらも、ひとまず横に並んで動き出すことには成功した。

今日もしっかり手はつないで移動。

なるべく俺の心音が伝わらないようにと祈りながら、近くの喫茶店に入っていった。

◇

「どう、かな？」

試着室から出てくる愛沙。

今日の制服デートの目的の一つはお互いの服を選び合うことだった。

自分の好みの服を着てもらえばより一層恋人っぽくなるはず！　とまなみに力説され、愛沙がノリノリになって今日に至っている。

「似合う」

「さっきからそれしか言わない！」

口を尖《とが》らせながらも嬉しそうな愛沙。

前もこんなことがあったけど、愛沙は本当に何を着ても似合うからな……。

「うー……お金が足りなくなっちゃう……」

「待て待て、全部買う気か⁉」

「だって……康貴《こうき》が選んでくれたのは全部着たい」

「う……」

今日は一段とデレがすごい。

なんだかんだで完全に二人だけというのは久しぶりだからかもしれないな。俺も多分、いつもより浮かれていた。

「と、とりあえず今日は色んなところを見て、最後に買うもの決めないか？」

「んー……そうね」

制服姿に戻って試着室から出てきた愛沙と一緒にショッピングモールを回る。

一日じゃ回りきれないくらいには広いんだが、地元だけあってどこらへんに行けば好みの店があるかはだいたい把握している。

「次は康貴のを見たいけど……」

「俺のは最後でいいんだけどな」

見る店も限られるし、愛沙ほど着せがいもないだろうと思っていたんだが……。

「私が見たい……の」

「そ、そうか……」

どちらが先導するでもなく、足は男性向けの服屋の方に向いていた。

その途中。

「いらっしゃいませー。よかったら座ってみませんか？」

カラフルな内装が目立つビーズクッションのお店で店員さんに声をかけられた。

「どうする？　康貴」

「どうしよっか」

実は前から部屋に置いたら気持ちいいんじゃないだろうかと思ってはいたんだけど、見る機会もなくそのままになっていたわけだ。

ビーズクッションは人を駄目にするって言われるのがあったり、この店みたいにカラフルでソファみたいなサイズまであったりと種類も多いから目移りもしていた。

そんな俺の表情が伝わったのか、愛沙が声をかけてくれた女性店員さんの方に手を引いてくれる。

「可愛《かわい》い彼女さんですねぇ。どうですか？　部屋にあるといいこと、ありますよ？」

　店員さんがこっそり俺の方にそんなことを言う。

「いいこと……？」

「こちら、二人用なので座ってみてください」

　少し横に長いクッションに促されるままに腰掛ける。

「彼女さんもぜひ」

「えっと……はい」

　そんなに広くないクッションだ。当然一緒に座ると……。

「ね？　真ん中に沈んでくるようになるのでほら、自然とこうして密着できちゃうんです」

　その宣伝文句はどうかと思ったが、横に座る愛沙は顔を赤くしてそれでも離れようとせずにおとなしくしていた。

　ちょっと本気で検討しようか……。

「ちなみにこれ、立てれば一人用の普通の椅子みたいになりますし、結構便利なんですよー」

　店員さんの言葉通り意外と色んな使い方が出来そうだし、懸念《けねん》していた置く場所もこれ

なら多少……。

　隣に座る愛沙も気持ちよさそうにしているし、値札を確認してもバイト代でなんとか出来る範囲だ。高い買い物ではあるけど。

「また家の車で来たときに考えさせてください」

「はーい。お待ちしております！」

　どのみち持って帰ることを考えれば親の車に頼らざるを得ないだろうし今はこれでと思ったんだが……。

「あれ？　愛沙？」

　なかなか立ち上がらない愛沙のほうを見ると……。

「え……」

　俺が立ち上がった反動か、クッションの沈みが深くなって足が浮いていた。ちょうど俺の位置からだけ綺麗《きれい》にスカートの中が見えて……。

「立てなくなっちゃった……」

「とりあえずスカートがあれだから引っ張り起こす」

「っ⁉」

　バッとスカートを押さえる愛沙。

良かった、俺以外の人からは見えない位置で……。

「引っ張るぞ」

「ごめんね？」

「せーのっ」

愛沙の手を取って身体《からだ》を起こしたはいいんだが……。

「きゃっ」

「おっと……」

勢い余って愛沙が俺に抱きつくような形になってしまう。

「ふふ。お熱いですね」

「「……」」

店員さんの生暖かい視線を感じながらそそくさと店を離れることになった。

デートの余韻【愛沙《あいさ》視点】

「えへへ……」

　ベッドで一人、いつものくまのぬいぐるみを抱きかかえて私は自分でわかるくらいだらしなく頬を緩ませていた。

　部屋の真ん中には、康貴に選んでもらった服がたくさん入った紙袋がある。本当に幸せな一日だった。

「見られたのは……恥ずかしかったけど……」

　ちょっとハプニングもあったけど、念の為《ため》下着は気合いを入れて選んでおいて良かった。

　むしろ見られずに終わるより……？　いやいやいやいや！

　でも……。

「ドキドキしてくれたなら、嬉しいけど……」

　とはいえ流石《さすが》にパンツの感想なんて聞けるはずもない。

　頭を切り替えよう。

「康貴、かっこよかったな……へへ」

康貴はスタイルも悪くないし、顔だってその……私はすごく、かっこいいと……思う。ずっとこういう服似合うかもって思ってたのを実際にいくつも着てもらって……次のデートはその服で……。

「熱くなってきちゃったかも……」

とにかく楽しかった。

あとは今日のことをまなみと有紀《ゆうき》もいるグループで報告だけど……。

「自分の写真送るのって恥ずかしいな……」

まあでもやらないとだめだろう。まなみは隣にいるからそろそろやらないと催促が来そうだし。

「えいっ」

買ったのは三着くらい。ほんとは康貴が見てた服は全部買おうとしたんだけど流石に止められた。

「また来ればいいって言ってたし……へへ」

と、早速既読が付いた。

『お、いいねー！　なんかいつもより清楚《せいそ》だね？　お姉ちゃん』

『清楚……かな？』

そういえばそんな気も。

こういうのが康貴の好みってこと、かな？

『いいなぁ。ボクも康貴くんに選んで欲しい』

『あはは。言えばやってくれそうだけど』

「む……」

でも康貴ならやりそう……。

いやまぁそのくらいなら……でもなぁ、有紀は可愛いし、おっぱいもあるし……それにもうネットじゃ話題になるくらいの有名人だし……。

「本気で来られたら……」

引っ込み思案で今でも学校じゃ康貴か私の後ろに隠れたがることもあるくらいだけど、やるときはやる子だ。油断は出来ない。

「私も……頑張らなきゃ……」

『それにしてもほんとに、愛沙ちゃんなんでも似合うよねぇ』

『そ、そうかな……？』

『あとこれ、康貴くんの趣味というより、愛沙ちゃんの肌を他の男に見せないようにしてる気もする……』

『えっ⁈』

『あ、たしかに。康貴《こうき》にぃ、意外と独占欲強いですな』

ニヤニヤしたスタンプが送られてくる。

そうなの……かな？

でもだとしたら……。

「ちょっと嬉しい……かも？」

康貴が私のことを独占しようとしてくれるのは、ドキドキする。

「えへへ」

そんなやり取りをしていると既読が一つ増えた。

康貴だ。

『えっと……とりあえず俺のも送る』

流石に今の話題に入るのは嫌だったようで、話題を切るように画像がポンポン送られてくる。

「かっこいい……」

我ながら良いチョイスだったと思う。

康貴が普段から着ている服をちょっと大人っぽくしたものと、今までと系統が違うもの。

好きな人が自分好みの格好をするのって、こんなに良かったんだ。

『おー、大人っぽくていい！　今度家庭教師のとき着てきて！』

『いいなぁ。ボクのうちに来るときも』

二人にも好評価だった。

『でもこれ、修学旅行に着ていったらモテちゃうんじゃない？　康貴にぃ』

『えっ』

『そうかも……ボクたちの前だけにしておこ？』

康貴がモテちゃう……？

いやもうすでにまなみからも有紀からも好意がわかりきってるんだから、モテてると言っていいんだろうけど……。

「って、そもそもこのままだと二人に……！」

慌ててメッセージを送る。

『この服は私とのデートのとき以外着ないこと！』

よし……。

まなみと有紀から抗議のスタンプが送られてくるけど、このくらい許して欲しい。

だってそうじゃないと……本当に二人になら、いつ取られたっておかしくない……。

康貴から控えめながら了承のスタンプが送られてきてホッとする。

「独占欲が強いの……私の方だったみたい……」

我に返ると顔が赤くなっちゃうけど、とにかくこのかっこいい康貴は、私だけのものになってくれるようで安心した。

運動不足

「今更だけど、二人きりのほうが良くなかった？」

まなみが不安そうに告げる。

「いや、こういうところはむしろまなみと有紀のほうが嬉《うれ》しいだろ」

「それはそうなんだけど、お姉ちゃん良かったの？」

「私もここはまなみたちと来れてよかったと思うわ」

「ならいっかー。楽しもーー！」

テンションの高いまなみが駆け出していく。

電車を乗り継いでやってきたのは、アスレチックとトランポリンで遊べるというレジャー施設だった。

「ボクも、行ってくるね」

うずうずが隠し切れない有紀も走り出していく。

「なんか、子どもを連れてきたみたいだな……」

「ふふ」

愛沙とゆっくり二人を追いかけて、施設の中に入っていった。

◇

「康貴にぃー！　見て見て！　バク宙！」

「すごいな……」

「ほんとに……」

施設の中にはクッションで仕切られた複数のトランポリンがあり、一人一区画ずつ使えるような状態になっていた。

俺と愛沙《あいさ》が壁際《かべぎわ》のクッションにもたれかかって休憩する中、まなみがクルクルと空中で回転している。

まなみはトランポリンなしでもバク宙くらいならやってのけるんだが、今日は高さが違うし連続でクルクル回っている。もう俺からするとどうなってるのかすらわからないレベルだが、楽しそうなことだけは表情から伝わってくるからよしとしよう。

「わっ、出来た！」

「あっちもすごいわね……」

有紀の方に目を向けると空中で身体《からだ》を捻《ひね》って三回転くらいしながら着地を決めていた。

ほんとに二人ともすごいな……。

流石《さすが》にあの二人と同じようなことは出来ないので、俺たちはスタッフの人に教えてもらった初心者向けの技を一つ一つ覚えていくことにする。

ちなみにスタッフの人もまなみと有紀に関しては教えられることがないと言って、プロの動画だけ紹介してこっちにつきっきりになってくれていた。

「えっと……まずは膝から着地して立ち上がる、だっけ」

「そうですね。よかったです、私にもまだ仕事が残ってて！」

目を輝かせる若い女性スタッフ。最初にまなみに声をかけてあの運動能力を見せつけられ、その後一見すると運動が得意な体型はしていない有紀にあれを見せられたわけだからな。ちょっと自信喪失して死んでいた目が、愛沙のおかげで輝きを取り戻したようだった。

「これくらいならまだ出来る、か」

膝をついて起き上がるくらいならあっさりだ。

「次は背中から着地して同じように立ち上がってみましょう」

「背中……」

どうやら膝以外、背中から落ちたり腹から落ちて起き上がったり、あとは膝を伸ばして足全体で着地したりと、初心者向けの技はあらゆる体勢からでも立ち上がる、というのが

コンセプトになっているようだった。

「背中はちょっと、怖いわね」

「そうだな……」

後ろは柔らかいトランポリンだとわかっていても意外と恐怖心が出てくるものだった。

こうしてやってみるとより一層まなみが軽々バク転してるのが不思議だった。背中から落ちるだけで怖いのにそのまま一回転……首からいきそうだよなぁ……。

「あはは！　たのしー！」

クルクル回るまなみと有紀《ゆうき》を横目に、俺たちもそれなりにトランポリンを楽しんだ。

◇

「なんか色々あったな」

施設にはトランポリン以外にもアスレチックコースがあり、制限時間内にクリアをするとタオルがもらえるというアトラクションになっていたり、トランポリンの先にバスケットゴールが用意されていてダンクシュートの練習が出来たりと、結構いろんなものがあった。

「ダンク、気持ちよかったなぁ。もうちょっと飛べたらボクも普通の試合で出来るんだけ

ど」

「流石にそこまでいくと歌手よりそっちのスカウトが増えないか……？」

「あはは」

こうして冷静に考えると有紀は本当になんでも出来るな……。しかも出来るの基準がその道で十分食っていけそうなレベル、というのがすごい。

引っ込み思案なところも徐々に改善され、俺たちと一緒にいるときと歌手としての仕事モードのときに関しては特に問題なくコミュニケーションが取れるようになっていた。

まだ知らない人や学校で人に囲まれたりすると俺の後ろに隠れる癖はあるけど、あっという間に克服しそうな勢いだ。元々まなみを育てたといっていいくらいアクティブだったわけだし、本来の姿に戻ったといえばそうなんだけど。

「あー、楽しかったー！」

まなみもいい運動になったようだ。

同じ施設を使っていてもまなみたちと俺たちでは疲れ方が違うようだな。

「流石にちょっと、普段全然使わない筋肉だったから明日怖いかも」

「有紀くん、歌手活動忙しくて運動出来てないって言ってたもんねー」

「そうなんだよー」

運動が出来ていない、の基準も全然違う気がするけど……。

「筋肉痛か。俺と愛沙もちょっと怖いな……」

「そうかも……」

運動不足は明らかに俺たちのほうが深刻だ。明日が急に怖くなってきた。

「そうだ！　明日に疲労を残さないために、帰ったらマッサージしよう！」

まなみのいつもの思いつき。

ただ明日にそこはかとない不安を感じていた俺たちは何の疑問もなくまなみの提案に乗ってしまった。

「うちでマッサージしてから解散にしよー！」

そう言って先頭に立ったまなみに、愛沙と笑い合いながらついて行ったのだが……。

◇

「おー、お客さん、凝ってますねえ？」

「ちょっとくすぐったいかも」

まなみの部屋に集まってすぐ、まなみが有紀の肩を揉《も》み始めたところから始まった。

「やっぱりおっぱいがあると凝るの？」

「ちょ、ちょっとまなみちゃんっ⁉」

流石に有紀も俺を前にそんな話題を出されたのは恥ずかしかったようで、胸を片手で押さえながらまなみと俺を交互に見比べた。自分から言い出すときはあるけど人に言われると恥ずかしいんだろうな。

隠そうとして押さえたせいでかえって目立つんだけど……。いや、何も言うまい。そして視線を外しておく。

横にいる愛沙を見るのが怖い。

そんな状況だというのにまなみはマイペースにこんなことを言う。

「んー、私だとちょっと力が足りないかも？　ここはやっぱり康貴《こうき》にぃが男子のパワーでやっちゃったほうがいいかも？」

「は……？」

どう考えてもまなみのほうがパワーがあると思ったんだが……。

「あはは。アスレチックで意外と握力使っちゃったから力が入らなくてさー」

「あー……」

幅一センチの出っ張りだけを頼りに進んでいくコースを完走してたもんな……流石のまなみもそうなるか。

「やってあげたら？」

意外にも愛沙がそう言ったことで、俺はもう避けられない状況になってしまった。

マッサージってなんか……緊張するというか、有紀は身体つきがなんというか、ふわふわして見えて、触れることに対する罪悪感がすごかった。

「じゃ、お姉ちゃんは私がやってあげる！　多分足とかほぐしとかないと明日大変だよ！」

「そうね……お願いしようかしら」

そう言うと愛沙はまなみのベッドの方に行って横になり、まなみのマッサージを受け始める。

なんでだ……？　何が狙いだろうと思っていたら、有紀が俺に耳打ちしてきた。

「明日、愛沙ちゃんとデートでしょ？　シフト変わってあげたの」

「あー」

帰り道に突然誘われたと思ったらそういうことか。

あれ？　俺はその交換条件ってことか……？

「じゃ、よろしくお願いします。康貴くん」

近づいていた有紀がストンと俺の前に座る。

愛沙を見るが特に気にする様子もない。まぁそれならいいか……。

「いくぞ」

「はい」

別に後ろから肩を揉むくらいならなんともない、そう思っていたんだが……。

「んっ……あっ、気持ちいい」

……現役人気歌手が出していい声じゃない気がした。

「んんんっ！　あぁっ！　そこ！」

「ちょっと待て、まなみにしてもらってたとき別に声出してなかっただろ」

「だって、今日のまなみちゃんほんとに力が入ってなかったから……」

「あはは。康貴にぃ、それはいつものことだから気にしない気にしない」

まなみが愛沙の上にまたがりながらそう言う。

「愛沙のマッサージが出来るならこっちも出来るんじゃないのか⁉」

「お姉ちゃんと有紀くんじゃ凝り方も違うからなぁ」

「むっ……」

愛沙が初めて不機嫌そうな顔を見せる。有紀の胸を見ながら。

「そういうことじゃなくって、運動量とか筋肉量の違いだから」

「そう……」

それだけ言うと大人しくなる愛沙。

気にしてるなぁ……。

マッサージしたり一緒に出かけることは気にしない愛沙だが、胸のことに関しては多少、有紀に思うところがあるようだった。

「あぁっ！　はぁ、気持ち、いい……」

考えごとをすることで声から意識を離して、何とか満足してもらえるまでやりきった。

その後俺もまなみのマッサージを受けたが、途中から愛沙も有紀も混ざってきてもみくちゃにされたのだった。

雨の帰り道

「大丈夫か？　愛沙《あいさ》」

トランポリンに行った次の日、愛沙からの急な誘いでデートになり、地元のお店を回って楽しんだ帰り道だった。

マッサージのおかげか幸い筋肉痛には見舞われなかったんだが、別の問題が発生していた。

「土砂降りね」

「そうだな……」

一旦は軒先に避難したものの、ずっとこうしているわけにもいかないし、しばらく雨は降り続きそうだった。近くにコンビニもないから傘も買えないし……。

「ここからだとその……康貴の家のほうが近い、わね？」

愛沙が言う。

顔が赤いのは突然の雨で身体《からだ》が冷えたからか、それとも……。

とにかく今はこの状況をなんとかするのが先か。

「うちまで走って、身体拭いて雨宿りするか」

「いいかな……？」

「だめな理由はないけど……」

愛沙から言ってくれなきゃなんか、妙な雰囲気になる気もしたけど、これは仕方ないことだからな。

「よしっ！　走る！」

「じゃあせーので行くぞ」

どちらからともなく手を繋《つな》ぎながら少し先の家《うち》まで走り出していった。

◇

ひどい夕立にやられて全身びしょ濡《ぬ》れになって、家に駆け込むことにしたまではいいんだが……。

「こんなときに限って親が出かけてるんだよな……」

父親は仕事でいないのはわかっていたが、母親も友達と遊んでくると置き手紙があった。

とにかく洗面所まで駆け込みタオルを確保する。濡れた廊下はあとで拭こう……。

「大丈夫か……？」

「えっと……」

愛沙のほうを向いて、一瞬で顔をそむける。

見えてはいけない下着のラインとか色とかが目に飛び込んできてしまった。

「ごめんね？」

「なんで愛沙が謝るんだよ……。もうそこまでビシャビシャなら全部着替えたほうがいいだろうし、乾燥機使っていいからその間にシャワー浴びたらどうだ？」

「いいのかな……くしゅっ！」

「いいからそうしてくれ」

「でも、康貴は……」

「俺は着替えがあるから！　ほら！　使い方はわかるよな？」

「えっと……うん。大丈夫」

「じゃ、俺は部屋にいるから」

逃げるように脱衣所を出て行こうとしたんだが……。

「あの……とりあえずの着替え……康貴の借りれない、かな？」

そうか、着替えもないんだよな……。

「わかった。その引き出しにシャツとかは入ってるから自由に使ってくれ」

「ん。ありがと」

改めて脱衣所から離れていった。

良かった、理性が持ってくれて……。

◇

「康貴」

「ああ、もう上がったの……か……」

「えっと……」

部屋にやってきた愛沙は俺が普段寝間着にしているブカブカのＴシャツとズボンを穿《は》いていた。ズボンは長かったようで何重かに折られている。

「ごめんね？　シャワーまで借りちゃって」

「いや、それは全然いいんだけど、服は大丈夫そうか？」

「うん……服は乾かないと思うから、まなみに頼んで持ってきてもらおうかなって」

「あー、それがいいかも」

もう外は雨も上がってるしな。

「乾燥が終わるまでは待ってないとだけど」

そう言いながら俺が座っていたソファに並んできて、肩に頭を乗せてきた。

思いがけぬ接近にドキッとさせられる。

「おうちデートって言うんだって、こういうの」

愛沙が言う。その声が少し緊張で震えているのが伝わってきて、少し落ち着いた気がした。

「なんか作った恋人っぽいことリストに、そんなのあった気がするな」

「うん……」

「ついでに他のリストもここでやっちゃうか？」

「えっ？」

隣にいた愛沙が一瞬身構えた気がする。何を想像したんだ……。

「えっと……ホラー映画鑑賞ってあっただろ？」

「あっ……」

愛沙の目が訴えかけてくる。止《や》めてくれと。

ただちょっとその怯《おび》え顔も可愛《かわい》いような……いやいや、止めておこう。

「ま、それはまなみたちがいるときでもいいか」

「そ、そうよね」

ホッと胸を撫《な》で下ろす愛沙が愛おしい。

結局何をするでもなく、ソファの上で二人、他愛ない会話を続けていたら乾燥が終わって、まなみがインターホンを鳴らす音が聞こえてきた。

◇

「やっほー康貴《こうき》にぃ。お姉ちゃんがご迷惑を……」

「ちょっとまなみ?!」

「あはは」

傘と着替えを持ってきたまなみを迎え入れる。

と、それまでいつものまなみだったのに、愛沙を見て玄関で固まってしまった。

「……どうした？」

「んにゃ、お姉ちゃん、ずっとその格好でいたの？」

「そうだけど……」

「えっと……お姉ちゃん、下着もびしょびしょだったんだよ……ね？　てことはその中って」

「あ……」

つい愛沙の方を見てしまって、すぐに目を逸《そ》らした。

そうか、俺のあのブカブカのTシャツの中って……。

「ほほー。やりますなぁ、お姉ちゃん」

「も、もうっ！　いいから貸して！　それと、康貴、こっち見ちゃ……ダメだから……」

「わかってる……」

気付いてしまえばもう目も合わせられない。

というか下着なしでTシャツだけだと色々……いやいや、考えるのはやめよう。

ともあれ脱衣所に愛沙が入ったのを見て、ようやく一息ついた。

「あはは……ほんとにお姉ちゃんがご迷惑を……」

「いや、この場合誰が悪いんだろうな……」

まなみが言わなきゃそのまま平和に終わった気もするし……ただ言われてしまえば悪いのはそのまま出てきた愛沙か、配慮が足りなかった俺か……。

「あ、愛沙、服は洗濯カゴ入れておいてくれればいいから」

「えっ⁈　いや……その……持って帰るから！」

「え……」

「だってもったいな――いや、えっと……その……ね？」

一瞬もったいないって聞こえた気がするけど深く考えないでおこう。

まぁ下着をつけていなかったのだとすれば持って帰りたい気持ちもわかる……というか意識してしまえば置いて帰られるのは確かに心臓に悪い。

「わかった」

「うん……洗ってその……返す、から？」

「ああ」

そんなやり取りをしながらも着替えを終わったようで、愛沙が出てくる。

いつも見る私服姿にちょっと安心して、同時に紙袋に入れられたであろう俺の服のことがちらっと気になった。

まなみは終始、ニヤニヤ俺たちを見つめていた。

◇【まなみ視点】

「ほんとに世話が焼けるお姉ちゃんだなぁ」

「うぅ……」

康貴にぃの家から帰る途中もずっと、お姉ちゃんは顔が真っ赤なままだった。

今は部屋のベッドで横になって悶《もだ》えている。ようやく自分の無防備さを自覚したところ

だった。

「だって、意識する余裕もなくて……」

「まぁなんとなく想像できちゃうんだけど……」

あの様子じゃ康貴にぃも全く考えてなかったんだろうけど……私が一瞬見ただけでお姉ちゃん……透けて見えそうなくらい形がはっきりわかってたんだけど……。

まぁいいかー。もうそういう関係なんだし。

むしろこういう無防備さがないといつまでも進展しない気もするし……。

「で、それはどうするの？」

「それ……？」

「お姉ちゃんが大事そうに抱きしめてる康貴にぃのTシャツ」

「抱きしめてないっ！」

バッと距離を取るお姉ちゃんだけど、私が前にいるというのに抱きしめて匂いまで嗅ごうとしてたのを見ている。

いまさら言い逃れは出来ないし……ちょっと羨ましい。

「じゃあ早く洗濯して返さなきゃ」

「うん……」

しょぼんとするお姉ちゃんは可愛いんだけど、これは康貴にぃも色んな意味で不安になるだろうから早く返したほうが良い気がする。

というか、私だって我慢してるんだからもう堪能《たんのう》したお姉ちゃんはちょっとくらい我慢してほしい……。

「欲しかったら康貴にぃに言えば、お姉ちゃんはいくらでももらえる気がするけどなぁ」

「えっ⁈　ほんとっ⁉」

食いつきが早い。

「だってもう恋人なんだし……ただちょっとだけ、お姉ちゃんが変に思われちゃうかもだけど」

「うぅ－……」

真剣に悩み始めるお姉ちゃん。

気持ちはわかるんだけどなぁ……。

苦笑いしながら今日のことを有紀《ゆうき》くんに報告したら、私より羨ましそうに唸《うな》っていた。

大学祭

「おー、結構大きいんだな」

秋は学園祭のシーズンだ。うちの学園は終わったが、土日に大学が主催する学園祭があるということで、そろそろ進学のことを考え始めた俺たちも見に行くことになった。

「康貴は大学いくつもりなのよね？」

「一応そうするつもりかな。愛沙《あいさ》もだろ？」

「ええ」

学園の雰囲気的にもほとんどが進学する学園だ。自然とそう考えるようになっているんだが……。

「有紀は卒業したら仕事に専念もありなのか」

「ボクも大学は出ておきたい気持ちはあるんだけど……どっちにしてもあんまり通えないかなぁ……」

ほんとにすごいな。

今日も有紀が来た理由は見学側ではなく、出演側だ。

すでに話題に上がってきた歌手ということで、ステージでライブをするんだという。俺と愛沙とまなみが来た理由の半分は、有紀のライブを見るためでもあった。

「というより、二人とも全然落ち着いてるけどまなみちゃん迷子だよね⁉」

「あー……それはもういつものことだから……」

「ライブまでには合流すると思うし、気にしないで大丈夫よ」

「そ、そうなんだ……」

これだけ興味を引く出し物が多いイベントでまなみがいなくならないわけがない。俺と愛沙は慣れたものだったが、経験があまりない有紀は困惑していた。まぁそのうち慣れるだろう。

「じゃ、有紀のライブまでは俺たちも色々見て回ろうか」

若干有紀が戸惑ったままだったが、俺たちも大学祭を楽しもうと歩き始めた矢先だった。

「康貴、あれ……」

通りに一人、ぽつんと立ち尽くす女の子がいた。

一人で来るにはあまりに幼い。間違いなく迷子だ。

俺が動き出すより先に愛沙が声をかけていた。

「こんにちは」

「へっ……うぅ……」

突然声をかけられて一瞬戸惑った女の子だが、愛沙がしゃがんで笑顔を見せたことで立ち止まる。

「お姉ちゃんは愛沙っていうんだけど、お名前は？」

「……あい」

「あいちゃんかー！　お名前似てるね」

「うん……」

おお……どこで学んだのか扱いに慣れている。

流石《さすが》はお姉ちゃんだな。俺と有紀は後ろから眺めることしか出来ていない。いやいま俺たちが入ると怖がらせそうだからというのもあるけど。

とにかく一旦愛沙に任せることにした。

「おうちの人と一緒に来たの？」

「うん……ママ、いなくなっちゃって……」

「そっかそっか。大丈夫だよ、お姉ちゃんと一緒に探そっか！」

そこまで聞いたところで安心してしまったんだろうか。女の子は堰《せき》を切ったように泣き始めてしまった。

「大丈夫、大丈夫だよ。ほら、お兄ちゃんが肩車してくれるから、高いところから探したらすぐ見つかっちゃうよ！」

「……ほんと？」

「ほんと。ほら、康貴《こうき》」

愛沙に促されるままにあいちゃんという女の子の前に進み出る。

「すぐ見つかる。任せとけ」

「……うんっ！」

頭を撫《な》でてあいちゃんを肩に乗せる。その間に迷子の放送をしてくれる場所を聞き出していた有紀を先頭にして、あいちゃんのお母さんを探しながら放送場所に向かうことにした。

「わぁ……たかーい！」

「落ちないように摑《つか》まっててな」

「うんっ！」

気も紛れてくれたようでご機嫌になったあいちゃんを乗せて歩き始めた。

今のうちにお母さんの名前だとか情報を聞き出しておこうと思ったんだが……。

「お姉ちゃん、お姉ちゃん！」

「え……ボク……？」

あいちゃんは隣を歩いていた有紀が気になった、というか気に入ったようだ。

子ども相手だというのに緊張した様子の有紀が前髪で顔を隠そうとするが……。

「お姉ちゃん、見たことある」

「え……？」

「お母さん、お姉ちゃんのお写真持ってた！　お姉ちゃんのお歌、好き！」

「それって……」

有紀のファンだったのか？

「有紀、ステージって何時からだっけ」

俺の質問の意図に気づいた有紀が答える。

「早い人ならもう待機しててもおかしくないかも」

「それにステージ周辺ならスタッフも多いよな」

流石に娘が迷子になっている状態でのんきにステージの前で待機はしないと思うが、それでもスタッフを頼ってその辺りにいる可能性は高い。

「お手柄かも、有紀」

「そ、そう……かな？」

どっちにしてもスタッフも放送機材もステージ付近ならあるはずだ。目的地を変更してそちらに向かっていった。

戸惑っていた有紀も、歩いているうちにすっかりプロの表情になっていく。

「なぁ……あれって……」

「ゆきうさぎ……？　確か今日ステージがあるって言ってたけど」

「可愛《かわい》い……！」

さっきまでのおどおどした有紀にはなかったオーラに、周りの人間も気付き始めていた。

本来ならこんなに注目されることは有紀にとって望ましくないだろう。今だって結構無理をしていることは、俺と愛沙には伝わってきていた。

それでもこのほうが、少しでもこの子のお母さんが見つけてくれる可能性が高いと考えてのことだろう。

「あ、ありがと……」

有紀を真ん中にして俺と愛沙で両サイドを固める。これで少しは視線もマシになるかもしれない。それでなくても今は、あいちゃんを肩に乗せた俺のほうが目立つしな。

有紀の目的を考えても、これで問題ないはずだ。

「すごいな、有紀は」

「えっ」

有紀《ゆうき》に耳打ちする。

目の前のファン《あいちゃん》のためなら、人見知りを我慢してプロの顔をし続けられるようになった有紀に感動させられながら、俺たちはステージを目指した。

「有紀のライブ、楽しみにしてる」

「……うんっ！」

結局ステージにたどり着くまで向こうから見つけてくることはなかったものの、本当に転入したばかりの頃からは考えられないほど、有紀は変わっていっていた。

頼もしい限りだった。

◇

「あ、康貴にぃー……え、子ども産まれたの?!」

「産まれるか！　誰の子だ！」

「あはは。お名前なんて言うの？　一緒に遊ぼ！　ボールもらったんだ！」

ステージに着いた途端、何故《なぜ》かサッカーボールと大量の食べ物を持ったまなみに出迎えられた。

俺の肩に乗るあいちゃんと目があった次の瞬間には遊びに誘って、華麗なリフティングで心をつかんであいちゃんの相手を始めてしまった。

愛沙ですら最初は一瞬警戒されてたのに……。

「康貴にぃ。ちょうど子ども探してるお母さんがいて、もし見つけたら連絡しますって言ってあるんだ。あいちゃんだよね？　この子」

「おお……」

「メッセージに電話番号送ったから、私がこの子と遊んでる間に連絡してあげて！」

流石というかなんというか……まなみもまなみで動いていて、すぐに状況を判断してくれたようだった。

「康貴、私がかけるわ。まなみと話してたのに男の人からだとあれだし」

「そうだな」

ということで愛沙に頼む。

そして……。

「有紀、もうステージ裏で待機しといたほうがいいんじゃないか？」

「うぅ……ありがと」

視線が集まりすぎている。有紀が耐えられなくなる前に引っ込んでおいてもらったほう

がいいだろう。

すぐに引っ込んでいくかと思ったが、有紀は何度か深呼吸をしてから、まなみと遊んでいたあいちゃんのところに歩いていく。

「あいちゃん」

「あ！　お姉ちゃん！」

しゃがみ込んであいちゃんの視線に合わせた有紀が、ゆっくりとこう告げた。

「ボク、もう少ししたらここで歌うから、いっぱい楽しんでね」

「ほんとっ⁉　うんっ！　楽しみ！」

「よし。頑張ってくる！」

「わわっ」

あいちゃんの頭をくしゃくしゃっと撫でる。その顔はもう、人混みに怯《おび》える小動物のものではなく、人前に出るプロのものになっていた。

有紀はそのままステージのほうにいるスタッフのところに向かい、入れ替わりで愛沙《あいさ》が電話を終えて戻ってきた。

「どうだった？」

「ここに来るって。ずっと探してたみたいで、今は建物の向こうみたいだから、十分くら

いかかるって」

「そっか」

ひとまず良かった。

まなみが率先してあいちゃんの相手をしてくれるおかげで、十分なんてあっという間だ。

「まなみ、ずっと妹だと思ってたけれど、いつの間にかちゃんと、お姉ちゃんも出来るようになってたのね」

愛沙がつぶやく。

確かに俺たちといるときは妹としてのまなみを見るばかりだったけど、あんなに、お姉ちゃんも出来るんだな……。

「たぶん今だって、まなみが電話をかけてたら、私たちじゃお母さんのこと思い出させちゃって、十分間ずっとソワソワさせちゃったと思うの」

「そうだよな」

まなみなりに自分で気付いて、役割分担をしたわけだ。

小さい子がどうすれば気を紛らわせられるか考えたとき、一番適任はまなみだ。

「自慢の妹、だな」

「ええ」

誇らしげな愛沙と楽しげなまなみとあいちゃん。

あいちゃんのお母さんは程なくしてやってきて、しきりに俺たちにお礼を言ってくれた。まなみにすっかり懐《なつ》いたあいちゃんが離れようとしなかったこともあり、恐縮しきりのお母さんと一緒にライブを見ることになったんだが、見えやすいからということでずっとあいちゃんは俺の肩に乗っていた。

有紀のライブも大成功に終わり、大学の雰囲気も知ることが出来た充実した一日だった。

サッカー観戦

「なんかお前といるの久しぶりな気がするな」

「毎日学校では会ってるだろ」

晩人《あきと》と軽口をたたき合う。

今日は隼人《はやと》が出ているサッカーの試合の応援に来ていた。

「休日はバイトか彼女、だもんなぁ」

ニヤニヤと笑う暁人を無視して女性陣の方を見る。

愛沙、有紀、東野《とうの》、秋津《あきつ》に、今日はまなみも混ぜてもらっていた。修学旅行メンバーでいないのは加納《かのう》と真《まこと》だ。それぞれ練習で抜けられないらしい。

「まなみ、すっかり打ち解けてるな」

「入野《いりの》より馴染《なじ》んでるまである」

「言ってやるな……」

有紀は未《いま》だにクラスでは人を避けるような感じになるからな。幼馴染《おさななじみ》メンバーでリラックスしてるときか、仕事モードのときなら問題ないんだが、今も愛沙とまなみの陰にそ

れとなく隠れてやりすごしていた。

「にしても、暁人が来るのは意外だったな」

「ん？　あぁ、色々あってな」

「なんだよ」

「お前には散々もったいぶられたからまた今度だ」

「……？」

暁人の発言も気になるところだったが、もう試合が始まるようだ。

「あとで教えろよ」

「わかってるよ」

とりあえず今は、エースナンバー十番を背負ってセンターサークルに立つ隼人の応援に集中しよう。主審の笛が鳴り響いて、試合が始まった。

◇

「あれ……？　秋津……？」

試合途中、トイレに抜けた俺が席に戻ろうとすると、席から離れて一人試合を見つめる秋津を見つけた。

席に戻る途中だろうと思い声をかけようと近づいたときだった。

「……かっこよ」

「え……？」

秋津のひとり言が、タイミング悪く俺の耳まで届いてしまった。

いや別に声だけなら良かった。でもあの表情を見れば、その一言がただのプレーに向けられたものではないことなど、容易にわかってしまった。

まして今は別に、隼人はボールを持っていたわけでもないのだから。

「なっ……こ、康貴《こうき》くん!?」

「えっと、そうだよな。かっこいいよな、隼人」

とりあえず乗っかってお茶を濁そうと思ったんだが……。

「気付いたでしょ……？」

秋津のほうが観念したように話し始めてしまった。

俺も愛沙と付き合ってる。それに花火の日、まなみに思いを打ち明けられて、学園祭で有紀にまで告白されたんだ。秋津のさっきのつぶやきが、どういう感情から出たものかくらいはもう、わかるようになっていた。

いや、人のことだからわかった部分もあるか……。

「いつからだったんだ？」

「ずっとよ。あいつが愛沙に惚《ほ》れてるのもわかってて、ずっと……」

「まじか……」

いつも明るいムードメーカーの秋津が見せる新たな一面に、どう返事をすればいいかわからなくなって固まる。

「あーあ、こんなにあっさりバレるとはー」

いつもの調子で秋津が言う。

「ま、バレた以上仕方ないというか、むしろ良かったかもしれない」

「え……？」

「だってほら、あいつがずっと好きだった愛沙のこと、一番知ってるのは康貴くんでしょ？」

「それは……」

そう言い切れるかは置いておく。というかそっちに頭がまわらないくらい秋津の切り替えが早すぎる。こっちも切り替えないと置いていかれる。

「と、いうわけでさ。私のこと、あいつの好みになるように見てくれない？」

「好みになるように……」

「んー……まずはわかりやすく、私服から！　またあのときみたいに買い物付き合ってみてよ！　お礼に、そうだなぁ……」

秋津が耳元に顔を寄せてくる。

「パンツくらいなら見せてあげよっか？」

「ばっ⁈」

「あはは。ま、ご飯くらいはおごるし、もちろん二人で出かけたら愛沙に怒られちゃうから愛沙も一緒にさ、どう？」

「どうって……」

もうほとんど拒否権なんてないような誘い方だ。ここで突き放すのは薄情すぎるだろう。

「わかったよ。愛沙に言っておく」

「ありがと。あと……」

「愛沙には自分から言う、か？」

「すごい。よくわかったね！　そうさせて！　まぁ細かいことはメッセージでやり取りしよ！　愛沙に連絡先聞いていいよね？」

「ああ」

「よしっ！　じゃ、そろそろ戻らないと変に怪しまれちゃうかもよ？」

「え……？」

席の方を見ると愛沙《あいさ》がちょっと膨れた顔でこちらを睨《にら》んでいる。

えっと……。

「あの愛沙がこんなに可愛《かわい》い顔みせてくれるなんて、幸せものだねぇ」

「いや……」

可愛いで済まないいんだけどな。主に秋津のせいで……。

「あはは。大丈夫、すぐ言うから誤解は解けるよ」

「頼んだ」

秋津は言葉通り、試合中に愛沙を呼んで話をしたようで、愛沙の誤解もすぐ解けたんだが……。

「なによ」

「いや、さっきのは……」

「わかってる。わかってるけど……もう行かないで」

その後の応援中、愛沙は俺の隣を離れようとしなかった。

◇

「そういえば高校サッカーで毎回イメージソングとかあるけど、有紀《ゆうき》は歌ったりしないの？」

サッカーは隼人の活躍で完勝し、帰り支度を進めていたら、秋津がポロッとそんなことを言う。

「え、えっと……」

「あ、どっちにしてもまだ言えないか！」

「いや……皆《みんな》なら、いいんだけど……地区大会で一曲やることにはなる、かも……」

「おお」

すごいな。

「康貴は知ってたのか？」

「いや、俺も初耳でびっくりしてる」

「なんか聞いたら色々出てきそうだな……俺はともかく康貴に隠すようには思えないし」

暁人が言う。まあ確かにそれはそうかもしれない。

にしても有紀、本当にどんどん遠くにいくな……。すごい。

それはそうと……。

「聞いたら出てくるで言えば、暁人もなんかあるんだろ？」

「え？　あー……」

晩人《あきと》が視線をさまよわせる。

その先にいたのは……。

「……？　東野？」

「珍しく俺がいた理由が知りたかったんだろ？　それが答えだ」

晩人がさらっと言う。

一瞬思考が追いつかなくなったが……。

「え⁉　好きなのか⁈」

「声がでかい！　ったく……好きというか、もう付き合ってる」

「は⁉」

いつの間に……。

聞いていくとどうやら学園祭準備期間から東野のアタックを受けていたとか。意外だ……。

問題児筆頭と生徒会副会長という異色のコンビに見えるが……。

「とりあえずあれだ。おめでとう」

「ありがとよ」

「そうか。これで暁人もふらふら遊び歩かず誠実に……」

「まぁ、なぁ……」

学校外で散々遊んでいたのを知ってるだけに、なんかこう感慨深いものがあった。

「藍子《あいこ》から高西《たかにし》に相談するとか言ってたから、そのうち康貴も巻き込まれると思うぞ？」

「相談……？」

さらっと名前呼びになっているあたりに暁人の余裕を感じる。

慣れてるなぁ……。

にしても相談ときたか。

「そりゃお前、このメンバーじゃ恋人の経験値は二人が先輩だろ？」

ニヤッと笑う暁人。

なるほど……。

暁人の付き合い方を考えると、なんか相談内容に愛沙が顔を赤くする気がするんだが……。

「ま、よろしく頼むぜ、先輩」

肩をたたきながら笑う悪友。

だがまぁ、その表情を見ればこの付き合いがどれだけ本気かも、よく伝わってきていた。

「改めておめでと」

「ああ、ありがとな」

意外だと思ったカップルだったが、話し終える頃にはもう、不思議なくらいスッと入ってくるいいコンビに見えるようになっていた。

恋愛相談　上級者編【愛沙視点】

「え……」

藍子からのメッセージに一瞬固まったあと……。

「ええええぇぇぇええええ」

思わず叫びながら私はすぐ藍子に電話していた。

「もしもし？　愛沙？」

「もしもし、え、ほんとに？」

「うん……今日言おうと思ってたんだけどなんとなくタイミングが……」

電話越しに聞こえてくる藍子の声だけで、どんな表情をしているかなんとなく想像出来てしまった。

多分顔を赤くしながら照れ笑いをしているんだろう。

「おめでとう」

「ありがと……」

「で、どっちから⁉」

藍子から来たメッセージには滝沢《たきざわ》くんと付き合うことになったということしか書いてなかった。色々根掘り葉掘り聞いていきたいところだった。

◇

「それで……付き合うことになって……」

「すごいわね、藍子」

話を聞いていくとどうやら藍子がその気になってすぐにアタックを繰り返して口説き落としたようだった。康貴《こうき》からちょこちょこ名前を聞いていて、滝沢くんって結構女慣れしてる印象だったけど、藍子の攻勢は滝沢くんのガードを打ち破ったらしい。

「でも、付き合ってからどうすればいいか、ちょっとよくわからなくて、こんな相談愛沙しか出来ないなと思って……」

「なるほど……」

私たちは確かにちょっとだけ恋人の関係になるのは早かったけど、こんな形で頼られて役に立てるかどうかは自信がない……。

でも他ならぬ藍子からの相談なんだ。出来る限りのことはしたいと思う。

よし、頑張ろう。

そう思って藍子の相談内容を待ってたんだけど……。

「それでね、キスって付き合ってどのくらいでするものなのかな……？」

「キ、キス⁉」

「うん。夏休みからイベントもあったし愛沙たちはもう経験してると思うけど……どんな感じ？」

「え、えっと……」

キス?!

「それにね、やっぱり男女で付き合ってる以上、そういう雰囲気にもなることもあると思うし……」

「そういう……そういうっ⁉」

確かに男女で付き合ってれば……というか滝沢くんならそういうことも積極的なのかな⁉

いやこのカップル、そもそも藍子のアタックからだし、今だってなんか藍子のほうがグイグイいってるような……。

「愛沙……？」

「ひゃい！」

「えっと……なんとなく愛沙《あいさ》たちがすごく清いお付き合いをしていることがわかって、生徒会としては安心しました」

「うぅ……」

結局相談にもならないレベルになっちゃった……。

「ふふっ。でも、なんかちょっとそれを聞いて安心したというか、私が焦《あせ》ってただけだったかなって思えたかも」

「慰め……？」

「違うって！　本心で。だから、ありがと」

「ん……」

「もー、落ち込まないで！　莉香子《りかこ》の相談は間違いなく愛沙が主戦力のはずだし」

結局相談して来た藍子に励まされるという本末転倒な感じになっちゃったけど……。そうか、莉香子も……。

「と、いうわけで、今日はありがとね」

あまり役に立った気はしないけど、藍子の声が明るくなったからまぁ、よしとしよう。

「莉香子の件は康貴に任せたほうがうまくいく気がするのよね……」

電話を切って一人、誰にでもなくそうつぶやいた。

「よろしくお願いします！　先生！」

「先生はやめてくれ……」

休日、俺は秋津《あきつ》に頼まれていた服選びのために駅前に来ていた。

「えー、でもまなみちゃんの先生はしてるんでしょ？」

「まぁ……」

「康貴にぃは先生上手ですよ！」

「そうなんだー。ま、今日一日は私の先生みたいなものってことで」

「はぁ……」

秋津に頼まれたのは隼人《はやと》の好み、つまり愛沙に近づくコーディネート、ということで、俺だけでは困ると思ったからまなみにもヘルプを出しておいたわけだ。

最初は愛沙本人に来てもらおうと思ったんだが、愛沙に止められた。まぁ流石《さすが》に秋津も愛沙を前にするとやりづらいか……。

「とにかく、お小遣いはたくさん持ってきたからお願いね？　康貴くん」

「はいよ」

秋津、まなみ、俺という珍しい組み合わせで、買い物が開始された。

◇

試着室に入った秋津を待つ間に、唐突にまなみがそんなことを言う。

「それにしても、莉香子先輩ってなんか、可愛《かわい》いよね？」

「可愛い……？」

いや顔は整ってるし男子の人気も高いけど、なんかニュアンスが違う。

「えっと、なんかこう……純情というか……一生懸命というか……？　純情ってところはもうお姉ちゃんに似てるし、なんか簡単に落とせそうな気がするんだけどなー」

「まなみの予言は当たるから、それならいいんだけどな」

いかに秋津がモテようとも、相手はその上をいく学年代表のイケメンなんだ。どうなるかはわからないけどまぁ、出来る限りの協力はしよう。

そんな話をしていると秋津が試着室のカーテンを開けた。

「ど、どうかな……」

赤面しながら出てきた秋津。

服はまなみが候補を出し、その中から俺の好み、つまり愛沙っぽいものを選ぶという形で選んだんだが……。

「可愛いです！」

「えへへ。ありがと、まなみちゃん」

秋津も比較的何を着ても似合うんだが、普段の格好は割と派手な方向に行きがち。パッと見はギャルっぽく見えるタイプだが、今日の服はおとなしい清楚《せいそ》さと可愛らしさがあいまった、まぁ愛沙っぽい服になっている。

「私こういう、女の子！　って感じの服苦手というか、フリフリが気になるというか……」

「そこまでフリフリってわけでもないだろ」

「でも……」

「大丈夫、似合ってるから」

「うぅ……」

というか秋津、こういう服は多分好きだろう。

自分では選ぶのをためらっていたが、歩いていて目線がそっちにいくのは俺でもわかるレベルだったし、試着するときにちょっとウキウキしているのもわかりやすかった。

　確かにまなみの言う通り、可愛らしい純情さがあるなと思う。

「莉香子先輩、今度はこれどうですか！　康貴にぃがさっきからチラチラ見てたから多分いけますよ！」

「え」

　いつの間にか俺の視線までチェックしていたまなみが試着室に秋津ごと服を押し込んでいく。

　押し込まれた秋津から聞こえてきたのは……。

「ちょっと⁉　これは流石に……」

「何渡したんだよ……」

「んー？　さっき康貴にぃが見てたセクシーなやつ」

「……」

　なんかチャイナドレスみたいだなと思ってたやつか……？

「ねえ、あれさ。お姉ちゃん似合うと思わない？」

「まぁ……」

　想像してしまった。

「莉香子先輩も可愛いから見てみたいと思ってさー。で、サイズ一緒みたいだから買わな

かったらほら、お土産にしちゃえば……」

「あー……」

愛沙ならお土産と言えば着てくれるだろう。

そんな話をしているとカーテン越しに秋津が声を上げる。

「あの……流石にこれはちょっと……」

「可愛いじゃないですか！」

「ちょっとまなみちゃん⁉」

しれっと顔だけカーテンの中に突っ込んでいったまなみからそんな声が……気になる……。

「康貴《こうき》にぃにも見てもらうべきですよ！」

「いやぁ……カーテンすら開けるの躊躇《ためら》う服だと買っても着られないかも……」

「まぁまぁ、とりあえずカーテンだけ開けてみましょう」

「うう……」

まなみの押しに負けてカーテンが開かれる。

そこにいたのは……。

「もー……こういうのは愛沙で楽しんでよね！」

顔を真っ赤にして身体《からだ》を守るように押さえた秋津。

「これ、隼人に見せたら落ちるんじゃないか……？」

「無理だからっ！」

これ以上赤くならないと思ってた顔がさらに赤くなったかと思うと、そこで限界を迎えて耐えられなくなったようでシャッとカーテンが閉められた。

「まぁでもそれが見せられたなら、その前のは大丈夫ですよね？」

「それは確かに……え、それが狙いだったの？　まなみちゃん」

「にしし。じゃ、最後のは康貴にぃがお姉ちゃんに買っていって着てもらうことにします！　康貴にぃ、色選んでおいてー」

あー……。結局俺も秋津もいいようにまなみに振り回されて、なんだかんだ一日がかりの買い物はあっという間に終わったのだった。

高西《たかにし》家会議【まなみ視点】

「んー……」

康貴にぃと莉香子《りかこ》先輩との買い物も終わって、私はちょっと悩んでいた。

お姉ちゃんと康貴にぃの仲は多分順調だ。ライバルとして考えたとき、ちょっともう入り込む隙が全くなくなっていると思う。

「でも……」

妹として見たときの二人は、ちょっとなんというか……。

「んー……もどかしい？　わかんないー」

あまりに落ち着いてるお姉ちゃんたちに私の方が逆に気になっちゃって、火をつけるためにカップルっぽいことをしてこいとか色々言ってたけど、結局お姉ちゃんは、今日みたいに他の女の子と出かけることすら気にしない余裕がある。

その余裕がある限り、隙はないけど、進展もゆーっくりになる気がしていた。

「うぅー……別に二人がいいならいい気もするし……でもぉ……」

そう！　いっそもう、いくところまでいってくれれば私だって吹っ切れる気がするんだ

けどなぁ……。

　でも今のお姉ちゃんたちは、付き合う前とほとんど変わらないせいでなんか……まだいけるんじゃないかとか、一瞬だけ思っちゃう。

　私が完全に妹になるためには、もっと二人に色々見せつけてほしい気も――

「うがぁーでもでもそれもちょっとショックは受けるだろうなぁ……」

　枕に顔をうずめてバタバタしながら考える。

「うーん……」

　まぁそれでも、お姉ちゃんたちが恋人っぽいことをしてくれたほうがなんとなく安心もする気がしていた。

　二人の幸せな姿を見るのは私も嬉《うれ》しいし……うーん……。

「あ……」

　気づいたかもしれない。

　私はお姉ちゃんも康貴にぃも好きだ。

　だから二人に幸せになってほしいけど、多分きっと、私が知らないところで二人の仲が進んだり、逆に壊れちゃうのが怖いんだ。

「だから私、お姉ちゃんのお手伝いしちゃうのか」

なんか気づくと落ち着いてきた気がする。

きっとそうだ。私は二人のそばにずっといたいから、二人から離れないためにお姉ちゃんを急《せ》かしてたんだ。

お姉ちゃんたちが私の知らないところで大人の階段を登ってたらショックを受けるかもしれない。

でも、私がお姉ちゃんをそそのかしてそうなったなら、それは私も多分、一緒にお祝いできちゃうような気がする。

「よしっ！」

そうと決まればお姉ちゃんにまずは……。

「ちゅー、かなぁ？」

恋人と言えばきっとそのはず！

「あ、良《い》いこと思いついちゃったかも？」

むしろ恋人どころか夫婦って言われてるんだし、いっそもうほんとに夫婦みたいにしちゃえばいいじゃん！

「多分この日は家に人いないし……あとは……」

色々考えて予定を立てていく。

よーし！

「お姉ちゃーん！」

「わっ、もういきなり大きな声出したらびっくりするでしょ」

「えへへ。あのねお姉ちゃん……」

私はお姉ちゃんたちの仲を進めるために、またお姉ちゃんをそそのかしていくのだった。

疑似同棲《どうせい》生活……？


「と、いうことであとはよろしくね？」

「え……本気？」

「お前一人置いていくのは心配だったけど、愛沙《あいさ》ちゃんがいるなら問題ないからな」

「あー……」

「じゃ、しっかりしなさいね。あんまり愛沙ちゃんに迷惑かけないように」

キャリーケースを引く両親を玄関で見送る。

なんか色々ありすぎてちょっとついていけていないんだが、結論だけ言うと、俺はしばらく両親のいない高西家で、愛沙と二人で生活することになったらしい。

どうしてこうなったかちょっと振り返って考えてみることにした。

◆

連休中、愛沙たちは親戚の集まりがあるとかで夏休みに帰省した田舎にまた帰っていた。

いつもなら暁人《あきと》と遊びに出るところなんだが、暁人も色々と忙しいということで俺は家

で暇を持て余す予定だったんだが……。

「えっと、今日は畑のお手伝いに来てるんだけど、さっきもらったとれたてのトマト、すごく美味《おい》しくて！　今度送ってもらうことになったから康貴にもお裾分けするね」

作業着姿でちょっと土にまみれた愛沙が携帯の画面に映し出されている。

「それは楽しみだな」

「うんっ！」

本当はこの休みの間にデートの予定を立てていたからか、愛沙は露骨に寂しそうな顔をして出発し、向こうに着くまでもずっとメッセージのやり取りをして、スキあらばこうしてビデオ通話をつないでくれるようになっていた。

俺も俺で休みの間はやることもなく、まなみの家庭教師のための準備やら、普段はしない予習なんかも手を出すくらいには暇を持て余していたので、こうして愛沙が電話をくれるのはとてもありがたかった。

そんなこんなで愛沙は帰省で距離は離れているんだが、むしろ話す機会は増えてるんじゃないかと思うような連休を過ごしていた俺たちに、両親たちから思いがけない話が舞い込んできた。

「旅行くことになったから、二人でしばらくやっていける？」

帰省している高西家両親とうちの親も色々やり取りをしていたらしく、なぜか勢いで両親たち四人での旅行が決まったとか何とか言っていた。

ちなみにまなみはこの連休から帰省先の近くで合宿をしている部活に合流し、そのまま試合に帯同するらしく、結局地元にいるのは俺と愛沙だけになったわけだ。

俺一人じゃ生活が心配といううちの親と、愛沙一人じゃ防犯が心配という高西家の両親の思惑が一致し、結果……。

「まじか……」

俺と愛沙は数日間、誰もいない高西家で二人、生活をともにすることになったのだった。

◇

そんなこんなで愛沙しかいない高西家にやってきたわけだけど、流石《さすが》にこれはいいのかという気持ちと、まぁ旅行も反対されなかったくらいだしいいのかという気持ちと、とりあえず両親がいない間、愛沙に何もないようにしっかり頑張ろうということだけは頭にいれて、疑似同棲生活が始まった。

「えっと……まなみの部屋を使っていいって言ってたから……」

「ああ……」

「あとまなみから伝言で――」

愛沙の言葉を遮るように二人の携帯にメッセージが入ってきた。

『康貴《こうき》にぃー！　お姉ちゃんをよろしくね！　多分一番よく来てる部屋だし、康貴にぃなら大丈夫だから私の部屋は自由に使ってね！　ちなみにクローゼットの中の引き出しの二段目が下着だよー！』

「……康貴？」

「睨《にら》むなよ！　そもそもクローゼット開けないから！」

「……むしろ康貴に私の部屋を使ってもらって、私がまなみの部屋のほうがいいかしら……」

「いやいや……」

「ちなみに……その……私はタンスの上の――」

「言わなくていい！　言わなくていいから！」

なんで姉妹揃《そろ》って下着の保管場所を教えようとするんだ。

勘弁してくれ……。

とにかくそんなこんなで、色々と不安な面を残しながらも生活が始まった。

◇【愛沙視点】

「うぅぅぅううう……よしっ！」

部屋に戻って一人、小さくガッツポーズをする。もちろん康貴には聞こえないように。

「大丈夫、よね？　表情緩んでなかったかな……？」

今回の親の旅行は、まなみの入れ知恵だ。

まなみがちょっと前に康貴との仲を進展させるための作戦としていくつか提案していた中の一つ。まさかこんな早くに、こんなトントン拍子に話が進むとは思ってなかったけど、そこはまなみのことだ。うまくやったんだろう。

「あとは、私が頑張るだけ……！」

まなみの発案でつくった恋人っぽいことリスト。

あっという間に消化していって、もうほとんどのことは完了している。

でも、あそこに書く勇気はなくて消しちゃったけど、ずっと憧れてたことがある……。

「キス……する」

私たちより後から付き合った藍子《あいこ》たちだって多分、もうしてたっておかしくないくらいの勢いだった。

私たちがしちゃダメってことは、ないと思う。

「康貴はどう考えてるのかな……」

あんまり康貴はそういうところ、見せてくれない。

雑誌とかだと男はガツガツくるとか、我慢させちゃダメとか書いてあるけど、康貴を見てると、私のほうから攻めたら引かれそうなくらい落ち着いてる。

「でも……」

多分キスくらいなら、康貴だって……。

「私だけしたいのは、なんかヤだな……」

康貴も一歩進みたいと思ってくれてるといいな……。

「頑張るね……！」

康貴のくれたクマのぬいぐるみに決意表明する。

っと、まずは家事だ。康貴はやれば色々出来ることは知ってるけど、流石に人の家で家事を率先してやったりはしないはず。

私が全部やる。やりたい。

「……これ、なんか結婚したみたいな――」

意識すると顔がにやけちゃう。

だめだ。

だってもう、康貴の服を干したり畳んだりすることを考えただけでも……。

旅行で家族がいないのは三日だけだけど、作りたい料理は何日分もある。献立を考えるだけでも幸せだった。

「……家にあるものも使いたいけど、一緒に買い物も行きたいし……うぅぅぅぅぅぅ」

こんな調子でやっていけるかな……？

◇

「落ち着かないな……」

まなみの部屋でベッドに入る。

今日の昼間に愛沙が張り切って布団《ふとん》を干してカバーも全部換えてるのを見ていたんだが、それでもなんとなくこう、まなみの匂いみたいなものが残っている気がして落ち着かない。

同居生活初日は、長いようであっという間に夜になっていた。

風呂《ふろ》にどっちが先に入るかで長い長いじゃんけん大会が開催された以外は、特に何事もなく夜を迎えている。

両親を見送り、愛沙と合流し、愛沙が料理や洗濯などをするのを見守って、俺はほとんど何もせずテレビを見ながら一日を終えたようなものだったが……。

「まぁ流石に洗濯物は手伝えないにしても……料理も頑《かたく》なに俺にやらせなかったな、愛沙」

妙に張り切っていたのが印象的だった。

まぁ緊張とか含めて色々あるだろうしな……。

「明日からは学校だし、ちゃんと寝ないとな……」

寝付けないなりになんとか眠ろうとしはじめたところだった。

「……康貴、起きてる？」

控えめなノックと呼びかけ。

「あれ、愛沙か」

「うん……開けて、いい？」

「ああ」

パジャマ姿はさっきも見てたからいいとして……。

「枕……？」

「あの……ね？　その……ほら！　まなみから、えっと……一緒に寝たほうがいいとか……えっと……」

これは……。

枕を持ってきた意図は流石にわかる。

わかるんだが……そのための理由までは考える余裕がなかったのかもしれない。しどろもどろになりながらも、とにかく愛沙《あいさ》は全身で主張している。

——一緒に寝たい

と。


「まなみのベッドだとちっちゃくないか……？」

「それは……その……」

しまった。愛沙が露骨にシュンとしてしまう。

「あー……えっと」

意を決する。

愛沙がここまでしてくれたんだ。ここでヘタったら彼氏失格だ。

「愛沙の部屋で、寝ないか？」

「……！　うんっ！」

パァッと表情を明るくさせた愛沙がパタパタと部屋に走っていった。

良かった。愛沙が部屋に向かってくれたおかげで一度落ち着く時間が取れる……。

「寝れるか……？　今日……？」

緊張やらなにやらでなかなか落ち着かない心臓のために何度か深呼吸をしてから、枕を持って愛沙の部屋に向かった。

◇

「狭く、ない……？」

「大丈夫」

「そっか……」

やばい。

隣で愛沙が寝ている。

元々一人用のベッドにそんなにスペースの余裕があるはずもなく、お互い肩が触れ合っ

ている。

　自分の身体《からだ》が熱くなってきているのがわかる。隣にいる愛沙から風呂上がりにも感じた良《い》い匂いが漂ってくるし、少し寝返りを打っただけで色んなところに触れてしまいそうで全く動けない。

「その……ほら、添い寝も恋人っぽいこと、だし……」

　多分愛沙も緊張しているんだろう。なんとかこうして会話を繋げて緊張を和らげようとしてくれている。

　だから……。

「……康貴？」

　隣で横になる愛沙の手を握った。

「ふふ。康貴もドキドキしてる」

「当たり前だろ」

　手を握りあっただけで、隣まで伝わるほどの心音になる。

「ごめんね？　無理させてる」

「いや……」

　無理をしているといえばそうだが、それは違う。

それだけは、愛沙に伝えたい。

「俺も、出来ればこうしたかった」

「っ⁉」

愛沙の心音が速まる。

お互いいっぱいいっぱいだけど、それだけはしっかり、伝えられてよかった。

「寝れないかも……」

「それも、俺もだ」

「ふふっ」

ぎゅっと、握られた手に力が入る。

同じ気持ちを共有できただけで、随分落ち着いた気がする。

いつまでも落ち着かない心音に意識を集中していたら、いつの間にか眠りにつけたようだった。

◇

「おはよう。朝ごはんできてるわよ」

「おお……」

翌朝。

慣れないベッドに、俺を起こしに来たエプロン姿の愛沙。

リビングからは良い匂いが漂ってきている。

「顔洗ったら一緒に食べて、その……一緒に学校にも……」

「ありがとう」

「じゃ、準備できたら来てっ！」

言うだけ言って限界を迎えたのか、顔を赤くした愛沙は逃げるように階段を駆け下りていった。

愛沙が余裕なく見えるおかげで少しこちらは落ち着いてきた気もするんだけど……。

それにしてもこの生活が続いていったとき、色々と大丈夫か心配になるくらいには、俺の顔も熱くなっていた。

周囲の反応

「愛沙、ご機嫌ね」

「え？　そ、そうかな？」

昼、なんだかんだで中庭に集まることが多くなった俺たちはいつもどおり集まってお弁当を広げていた。

女子は愛沙、有紀《ゆうき》、東野《とうの》、秋津《あきつ》、加納《かのう》。男子は暁人《あきと》、隼人《はやと》、真《まこと》だ。

部活組が昼練で抜けたり、東野が生徒会、加納や有紀は外部活動で学校ごと休むみたいなことはあるが、それ以外はだいたい昼休みもそのままここで集まっていることが多くなっていた。

「あ、なんか有紀が知ってそうだなー？」

秋津に指名された有紀が一瞬ビクッとなるが、流石《さすが》にもうこのメンバーで集まっていれば露骨に隠れたりすることもなく答えるようになっていた。

「んー、まなみちゃんが何か企《たくら》んでるのは聞いてたけど、ボクも詳しいことは知らないんだよね」

「そうなんだ～。まあでも、ちょっと誤魔化してるとはいえ愛沙と康貴《こうき》くんのお弁当の中身ほとんど一緒だし、そこらへんで浮かれてるのはわかるんだけど」

有紀も何も知らないというのは意外だったな。愛沙に目配せすると「言うな」と目で訴えかけてくる。わかってるけど……。

「まぁ、愛沙ちゃんを見てるともう……ね？」

「あはは。まぁほら、浮かれてる愛沙は隙だらけだし、つつけばなんかわかるかもよー？」

そう言われて身構えると同時に俺の背中に隠れるように移動する愛沙。

その顔は真っ赤になっていて、隠れているのに周りを威嚇するような表情をしていた。

「はぁ……それはボクの役目だったのになぁ」

「ふふ。いいじゃない。可愛《かわい》らしくて」

東野がウインナーを口に運びながら愛沙をかばう。

「これが彼氏持ちの余裕……」

「ちょっと⁉　そういうのじゃなくて……」

秋津の反撃に東野も顔を赤くする。当事者の一員であるはずの暁人は関わる気はないようで焼きそばパンを頬張りながらそんな様子を眺めていた。

「俺からするとみんな浮かれてるように見えるけどなぁ？」

「俺に振るな」

真と隼人がそんな会話を繰り広げる横で、ちょっとだけ秋津の様子が気になっていた。ムードメーカーなのはいつものことだけど、いつも以上によく喋《しゃべ》るというか……まぁ、考えても仕方ないか。

修学旅行が終わったとき、このメンバーの関係性はまた一歩進むんだろうなと思いながら、なんだかんだ心地よい騒がしさを感じて昼休みを過ごした。

◇

学校から直接愛沙と高西《たかにし》家に帰るというシチュエーションも、なかなか新鮮だった。

学校帰りに直接近くのスーパーに寄って買い物をしたのもドキドキしたんだが、常に俺以上に顔が赤い愛沙が隣にいたおかげでなんとか平常心を保っていた。

「今日は唐揚げで……明日は……」

キッチンには相変わらず入れてくれないんだが、エプロン姿の愛沙が楽しそうなのでまぁいいとしよう。

お弁当を含めて愛沙の料理はめちゃくちゃ美味《おい》しいしな……。

それはそうとまだ晩ご飯の支度には早いし、やることがある。

「愛沙《あいさ》？　せっかくだし一緒に宿題片付けないか？」

「え？　あっ！　数学！」

「そうそう……あれ？　忘れてたか？」

「それは……」

愛沙が浮かれるほどにこちらもドキドキさせられるんだけど……。ここらへんは俺のほうが気を使ったほうがいいかもしれない。

「うぅ……仕方ない、でしょ。嬉《うれ》しくて……」

顔を赤くしてちょっといじける愛沙も可愛かった。

◇

「愛沙、これ何が間違ってるかわかるか？」

改めて愛沙の部屋で二人、宿題を片付けることにする。

部屋着に着替えた愛沙は妙にブカブカなTシャツ姿で、目のやりどころに困る。油断すると中が見えそうだ……。

「どこ？」

だというのに無防備に前かがみになってこちらに近づいてくる愛沙。

勉強のときだけかけてるというメガネ姿が新鮮だったり情報量が多い……とにかく勉強に集中しよう。

「ここだけど……」

「えっと……あ、康貴の計算、ここでマイナスが消えちゃってるわ」

「ほんとだ」

自分でやってると意外とわからなくなるんだよな……。

「なんかまなみがやりそうなミスね。康貴、まなみに教えすぎて似てきちゃったのかしら」

「いやいや……まぁでも確かに、まなみによく注意させるところだったな」

「ふふ」

そんな話をしている間もずっと上機嫌な愛沙が可愛らしかった。

「そうだ康貴」

「ん？」

宿題の手を止めて愛沙を見ると頬を赤らめてもじもじしている。

「あの……ね？　今日も、一緒に……」

視線の先にはベッドがある。

「愛沙さえ良ければ……」

愛沙を見てもベッドを見ても何か気まずくなりそうで、必死に目を逸《そ》らしながらなんとか答えておいた。

そんな俺の答えでも満足はしてくれたようで、愛沙は目に見えて表情が明るくなってくれた。

「ほんとっ⁈　じゃあ早く宿題終わらせて……それで……」

むしろどうやら早くベッドに行きたいのかと思うほどの勢いになった愛沙が、俺に宿題の答えを教えてまで早く終わらせようとしてくるのを何とかなだめるのに忙しくなってしまった。

◇

「えへへ……」

夜。

俺の前に座った愛沙がご機嫌な表情で無防備に目をつむっている。

風呂《ふろ》から上がって戻ってきた俺が、愛沙の髪が濡《ぬ》れてるのを見てこんなことを言ったの

がきっかけだった。

◆

「髪長いと大変そうだな」

「そうなのよね……どうしても乾かすのに時間かかっちゃって、ドライヤーが面倒になっちゃうし……」

俺が風呂から出ても、愛沙は頭に吸水キャップをかぶってソファに座ったままだったことからも、結構面倒なんだろうなというのはわかる。

「康貴が髪長いほうが好みだと思ったから、頑張ってたんだけど……」

「それは嬉しいんだけど……」

若干の申し訳なさも出てくる。

愛沙の指摘の通り、俺は多分髪が長いほうが好きなんだと思う。というか疎遠になっても、そのせいで愛沙を目で追っていたような気もするくらいだ。

「まなみも有紀もそんなに長いわけじゃないし、私も……」

「それは……えっと……」

どうしたものか……。そうだ。

「今日と明日は、俺がドライヤーをやるってので、どうか――」

「いいのっ⁈」

思ったより食いつきが良くてびっくりする。

「じゃあお願いします」

そう言うとほとんど同時に、愛沙が俺の前で背を向けてちょこんと座った。

「お願い、します」

改めて後ろ《こちら》を向いて、首をかしげる愛沙が妙に可愛くて、しばらく髪を触るのも緊張したくらいだった。

◇

「にしても、改めて見るとほんとに長いな」

座っていると床につくのではないかと思えるほどだ。手ぐしを通すとさらさらと流れていって気持ちがいい。

「髪触られるの、気持ちいい、かも……」

「そうなのか？」

こちらとしてもそれならありがたいかもしれない。

と、のんきに考えていると愛沙がこんなことを言う。

「まなみはいつも撫《な》でられてるけど、私はたまにしか撫でてもらえないし」

「いや、それはっ」

「あーあー、まなみのほうが可愛がられてる気もするなぁ。私が康貴《こうき》の……彼女……なのに……」

途中で恥ずかしくなって勢いがなくなったせいで、こちらまで顔が赤くなる。

それでも愛沙はめげなかった。

「いっそ私も、康貴のことお兄ちゃんとか呼んだら撫でてくれるかしら?」

「いやいや……」

「康《こう》にぃ？　撫でて?」

「……はい」

「やっぱり……」

「いやいや、今のはずるいだろ！」

何だ今の……。

上目遣いで康にぃ、なんて言われたら何でも言うこと聞いてしまう気がする。

危ない……。

「やっぱり、まなみが可愛《かわい》がられてる理由がわかった気がするわ」

「そんなことは……」

ちょっとないとも言い切れなくなったのが怖いところだった。

「ふふ。まぁでも、どちらかというと康貴が弟って感じがするのよね」

「弟、かぁ」

「お姉ちゃんって呼んでみる？」

「いや……なんか恥ずかしいな」

「私はやったのに！」

抗議する愛沙だがちょっと……。

俺が渋っていると呼ばれることは諦めたようで、愛沙はこんなことを言い出した。

「あ、髪、康貴もまだ濡れてるし、交代してあげる。ちょっとお姉ちゃんっぽいんじゃない？」

「そうか？」

ドライヤーを渡して身体《からだ》の向きを反転させる。俺の背中を見ると……。

「大きい」

「そりゃまぁ……」

「弟のくせに……」

「その設定は続けるのか……」

多少不満そうな声をあげながらも、愛沙が俺の髪を撫でながらドライヤーで乾かし始める。

これは……思ったより何か、恥ずかしいかもしれない。

「ふふ。なんか固まっちゃった康貴、可愛いわね」

何も言えなくなる。

「かゆいところはございませんかー?」

「それはなんか違うだろ」

「あはは」

楽しそうに愛沙がドライヤーで俺の髪を乾かしていく。

恥ずかしいのは恥ずかしいものの、なんとなく楽しくなってきた部分もあって、しばらくずっとお互いの髪を撫で合うよくわからないことになったのだった。

悶々《もんもん》とした夜【愛沙《あいさ》視点】

「えへへ……」

思いがけず始まった康貴との生活だったけど、本当に幸せな毎日だった。

朝、康貴を起こして朝ご飯を食べて、一緒に登校して、お昼は作ってあげたお弁当を一緒に食べて、帰りも一緒で、買い物したりして、晩ご飯も一緒で……それで……。

「寝るのも、一緒……」

ドキドキ以上に楽しさが勝る。

康貴との日々は本当に私にとって、幸せそのものだった。

「ずっとこうしてたい……」

夢のような毎日に我ながら浮かれていた。

康貴が部屋に来るまでに緩んだ顔を戻さなくちゃ……。

今日も康貴はこの部屋で、私のベッドで一緒に寝る。

「こんなに幸せでいいのかな……」

夢なんじゃないかと思うほどの生活だった。

本当に一生、こんなのが続いたら……それって……。

「結婚……？」

想像して、一瞬で顔が赤くなったのを感じて頭の隅に追いやる。

流石《さすが》に気が早すぎる。それはもちろん、小さい頃に約束したこともあったし、付き合ってるんだからちょっとくらい意識することもあったり、その……えっと……。

「大丈夫か？」

「へっ⁉　こ、康貴⁈」

「おお……ごめん、びっくりさせちゃったか」

「ううん！　ごめんね？　考え事してて……」

「何考えてたんだ？」

「そ、それは……」

思わず顔を逸らしてしまう。

うぅぅううう……流石に何考えてたかなんて言えないし……その……。

「えっと、ごめん。大丈夫。言いたくないなら」

「言いたくないというか……えっと、その……今日も一緒で、いいんだよね？」

康貴も深掘《ふかぼ》りする気はないみたいだし、話を切り替えて流そう。

「ああ」

「えへへ」

よしっ。

一緒に寝られる。幸せだ。

「じゃあ、えっと……詰めるね」

「狭くないか？」

「大丈夫」

一人用のベッドはそんなに広くない。私が詰めて、ギリギリ康貴がはみ出さない広さ。

だから当然肩とか、色んなところがくっつく。

「いまさらだけど、昨日寝られた？」

「えっと……すぐってわけじゃなかったけど」

「そっか。ふふ。慣れそう？」

「それは……しばらく無理だと思う」

「ふふ」

康貴の顔が赤くなる。

私のことを意識してくれているのが伝わってきて、それだけで幸せだった。

「明日も学校だし、寝るぞ」

「はーい」

逃げるように向こうを向いた康貴にそう言われて、ちょっと落ち着いた気がする。

「おやすみ、康貴」

「おやすみ」

ちょっとだけ、少しだけ康貴の方に近づいて、背中に手を当ててそう言ってみる。

一瞬ピクッと動いた康貴は、それ以上何も言わずにいてくれた。

よし……今日はこのまま、幸せな眠りにつけそうだった。

◇

「あれ……？」

目を開けてもカーテンから光が差し込んでいない。まだ夜明け前だ。

だというのに私が起きた理由は……。

「こ、康貴……?!」

抱きつかれてる⁉

結構がっしり、私が身動き出来ないように足まで絡《から》められていた。

「んっ……え？　どうしよ……」

康貴から抱きしめてきている状態だからなるべくこのままでいたい。

ちょっとでも身動きを取れば離れていきそうで、私は固まったまま天井を見上げ——

「んぅっ⁉」

えっ⁉

今……。

康貴の手、私の胸……。

「ひゃんっ⁉」

今度は足。ズボンがずり上がって素肌が触れ合ってしまう。

「うぅ……」

どうしよどうしよどうしよ……⁉

くっついてるのは幸せだけど、これはちょっと流石に恥ずかしい……。でも康貴が起きてるわけではないし、起こして止《や》めさせるのも可哀想《かわいそう》だ。

それにこうしてくっついてくれてる康貴を起こすのももったいない。

でも……。

「ひゃっ⁉　ちょっと……んっ⁈」

もぞもぞと動き出した康貴の手や足が私の身体に触れる度に、思わずビクンと身体が反応してしまう。

「ぅぅぅ……」

これはちょっと……でも、寝ている康貴に罪はない……。

「どうしよ……」

結局そこからはほとんど眠れないまま、気付けば朝になっていた。

「仕方ない……朝ごはんとお弁当つくって気を紛らわせないと……」

いつもより早い時間に起きてしまったせいでお弁当が豪華になったことを康貴に驚かれてしまった。

最終日を迎えて

露骨に愛沙のテンションが低い。

「えっと……」

「うぅ……」

学校に行って帰ってきた辺りでもう、愛沙は俺から離れなくなっていた。

今日の夜には家の人が帰ってくるということで、俺は入れ替わりで自宅に戻る予定だ。

まるでそれを拒んで行かせないとでも言わんばかりに、愛沙は俺の腕を取って小さくうなり続けていた。

仕方ない……しばらく好きにしてもらうとして、ちょっと話をしながら落ち着かせよう。

「楽しかったな」

「……うん」

二泊三日の同居生活は、本当にあっという間に過ぎていった。

恋人っぽいこと、と称して色々やってきたが、もはやこの数日はそんなものを飛び越えた関係になっていたと思う。

そう、それこそ最初に言われてたような、夫婦みたいな……。

「康貴《こうき》……？」

「ああ、ごめんごめん」

「何考えてたの？」

「いや、こうなんというか……カップルらしいことってなんだろうなぁとか？」

愛沙《あいさ》が首をかしげる。

自分でも何を言ったら良《い》いかわからないというか……。

そんなことで頭を悩ませていたら、ふと愛沙がこう言う。

「そっか、これカップルらしいことをやるための同棲《どうせい》だったんだ！」

そうか、そういう建て付けだったのか。

「康貴はその……あんまりカップルらしく感じなかった？」

「まぁ……」

どう伝えるべきか迷っていると、愛沙がこう言った。

「んー……じゃあ、楽しかった？」

「それはもちろん」

「そ、そう……」

即答すると愛沙が顔を逸らす。そういう反応をされるとこちらも恥ずかしくなるんだけど……。

ああでも、そうか。

「楽しかった、よなぁ」

「うん……」

肩に頭を乗せてきて愛沙も頷《うなず》く。

「なら、あんまり焦《あせ》らなくてもいいのかもしれない、な」

恋人らしいことをやろうと思って頑張ってきたけど、大事なのはそっちじゃないと思う。

「俺は愛沙と楽しくやれればそれが一番だと思う」

自然と愛沙の頭を撫《な》でながらそう言う。

もちろんあのときに愛沙が付箋に書いていたやりたいことを忘れるわけじゃないけど、それでも無理に恋人らしいことをやっていかなくても、愛沙と俺なら大丈夫そうというか……。

「愛沙とずっとこうしていられるのが、一番だよな」

そう伝えたあとの愛沙は、しばらく真っ赤になっていたけど、撫でる手を止めると無言でアピールしてきてまなみたちが帰ってくるまでずっと撫で続けることになったのだった。

まなみの誕生日

すでに愛沙とのあの共同生活から一週間くらい経《た》ったというのに、未《いま》だに頭がふわふわしている自分がいた。

愛沙が最終日、露骨に落ち込んでたのも可愛《かわい》くてよく覚えている。愛沙がどう考えているかは口からは聞けていなくても、同じ気持ちなんだろうということはわかったんだけど……。

まあなにはともあれ。ようやく現実に戻ってくるイベントがやってきた。

十一月。修学旅行前の重大イベントに向けて、俺と愛沙は準備を進めていた。

「今年はいつもと違う誕生日にしてあげなくちゃ……」

「かなりお世話になったもんな、まなみには」

まなみの誕生日。今年はしっかり祝ってあげないと……。去年までは愛沙とも疎遠だったし、こんなこと考えられなかったけど、その分まで祝おう。

「当日はまなみの予定押さえてあるから、どこで何するかと、プレゼントなんだけど」

そう言いながら愛沙がまじまじと俺を見つめる。

「なんだよ」

「まなみのことだから康貴とデート、とかで大喜びするなぁと思ったんだけど……」

「いやいや……」

それはどうなんだ、というより彼女としてそれでいいのか……？

「そもそもまなみも良いとは言わないだろ」

「んー……でも、まなみが一番喜ぶことがいいから……」

真剣に悩み始める愛沙にどうしていいか迷っていたんだが……。

「うん！　当日やっぱり康貴はまなみと出かけてきて！」

愛沙がそう元気よく言う。こうなると止める手段はないんだなと思える顔で。

「その間に私は準備とか、ケーキ焼いたりしておくから」

「あー、時間稼ぎか」

「うん。そういう理由があればまなみも断らないと思うし、あとは当日、三人で会う予定にして、私だけ行けなくなったって形にしたり……」

「まあそれはおいおい考えよう。どのみちプレゼントはデートだけです！　ってわけにもいかないだろ」

「それもそうね」

笑いながら愛沙とそんな話をして、ちょっとずつ準備を進めていく。

プレゼント選びも含めて、楽しみながら当日を迎えていった。

◇

「まなみ」

「康貴にぃー！　あれ？　お姉ちゃんは？」

まなみの誕生日当日。

三人で待ち合わせ、という形にしていた駅前には、俺とまなみしかいない。

「それが、さっき連絡が来てたけど急用があるから二人で行けって」

愛沙が用意した台本通りに喋《しゃべ》ったんだが、我ながら若干たどたどしい……まなみはもう、その一言ですべてを理解した様子だった。

「もー……しょうがないなぁ、お姉ちゃんは」

そう言って笑いながら、まなみが俺にこう言った。

「じゃあ、今日は康貴にぃのこと、お兄ちゃんだと思って甘えることにします！」

「お兄ちゃん……？」

「そう！　お兄ちゃんと誕生日に出かけてもらっただけ！　だから康貴にぃもお姉ちゃん

も気にしない！　どう？」

「なるほど」

まなみなりの落としどころというわけか。

「まあいいけど……」

「えへへ。じゃあよろしくね？　お兄ちゃん？」

「おお……」

腕を組んできて上目遣いでそう言うまなみに思わずドキッとさせられる。

これはかえってまずいのでは……？

「ほらほらお兄ちゃん！　行くよ！」

「いやどこに」

「どこにしよっかなー」

「せめてどこか決めてから引っ張ってくれ！」

「あはは」

吹っ切れたまなみは心底楽しそうな表情で俺の手をとって振り回していくのだった。

◇

った。

「はぁ……はぁ……それは良かった」

まなみに振り回されること数時間。ただの時間稼ぎとは思えないほど密度の濃い時間だった。

ゲームセンターを冷やかし、カラオケに行って、ルールもわからないビリヤードをやって、ダーツをやって、ボウリングをして、なぜか二人でジャージを買おうと言われたかと思えば次の瞬間にはボルダリングジムに連れて行かれていた。

俺はへとへとだったが、まなみはむしろ出かける前より元気そうなのが不思議でしょうがなかった。

「にしてもまなみ、ボルダリングすごかったな」

「えへへ。実はたまに行ってたんだよね」

「そうなのか」

「うん。あのキャンプでやったのが楽しかったから、ちょっと調べたりしてたの」

「おー、道理で他の競技に輪をかけてすごかったんだな」

「えへへ」

ボルダリングは壁に設置された石のうち、指定されたものだけを使い、スタートからゴ

ールに移動しなくてはならない競技だ。そのため同じ壁でも指定したルートによって難易度は大きく変わる。

俺は指示通り順番に腕を伸ばして足を上げていけばたどり着く初心者向けのコースで楽しんでいたんだが、まなみはもはや俺が見ただけではどんな体勢でスタートするのかすらわからないものにチャレンジしていた。

実際、いきなりジャンプしてからスタート地点に着く課題や、ほとんど身体《からだ》が横向きになったり、足だけでぶら下がっていたり……まなみがやってた課題はちょっと俺の理解を超えていた。

「ほんとにすごかったな」

「まだまだ頑張らなきゃだけどね」

「珍しいな、まなみがそんなこと言うの」

「そうかな?」

これまではどの競技も楽しそうにやるけど、頑張って上達しようというよりは楽しくやれればいい、というスタンスだった気がしたんだけど……。

「まぁ、それだけ楽しかったってことか」

「そうかも?　へへ、ありがとね」

「ああ」

誕生日にいつもと違うまなみを感じたからか、少しだけ大人っぽく見えたまなみだったが……。

「えいっ」

「おい……いきなり飛びついてくるな」

いきなり飛びついてきたかと思うと器用に背中によじ登ってきて、おんぶの体勢になってしがみつかれる。

その状況で、耳元でまなみがこうつぶやいた。

「康貴《こうき》にぃ、そろそろお姉ちゃんと付き合って三ヶ月くらいだっけ？」

「そうなるけど……」

「あれからどぉ？　恋人らしく、なってきた？」

「あー……」

まなみ発案の恋人っぽいことリストは、愛沙《あいさ》との関係を進める良《い》い言い訳として機能してくれている。

あれを言い訳にすればお互い、例えば一緒のベッドで眠ることだって出来た。

ただ……。

「一緒に過ごした日の夜にさ、ちょっと話したんだけど」

「おー、どんな話？」

「恋人らしいことってなんなんだろうな、とか」

「えー、なんか戻ってる気がするなぁ」

　まなみが背中で暴れながら抗議する。

「まあでも二人とも、お互いが楽しいならそれが良いよなって話はしてたんだよ」

「んー……にゃるほど」

　もちろん愛沙のあのとき書いたものも見ているし、俺だってあんなに可愛い彼女がいれば色々考えることだってあるけど……。

　そう、ちょっと思考が逸《そ》れていって油断したところだった。

「ふふ。お姉ちゃんはね、多分その先も、意識してるよ？」

「その先っ⁉」

　考えていたことが考えていたことだけに頭の中で色々飛躍しそうになる。

　危ない……。

　だが落ち着く間もなく、まなみが耳元でこう囁《ささや》いた。

「お姉ちゃん、ちゅーしたいんじゃない？」

「っ⁉」

内容はともかくまなみに耳元で、息が当たるような距離で囁かれたせいで妙な反応をしてしまう。

「あはは」

思わずまなみを落としそうになるが、むしろまなみが自力で体勢を整えてくる。

「康貴にぃがそんな感じだと、まだまだお姉ちゃんの夢は遠いのかなぁ？」

背中越しでもニヤニヤしてるのがわかる。

康貴にぃ、と言っているということは、今日の妹モードはもう終わったのかと思って再び油断した矢先だった。

「どう？　妹で練習してみる？　お兄ちゃん？」

「なっ⁈」

今度こそ背中におぶっているのに思わず振り返ろうとしてしまって、まなみがパッと背中から飛び降りていた。

「ふふ。どうする？　今はまだ妹だし、それに誕生日だから、このくらいならお姉ちゃんも許しちゃうと思うんだけどな？」

いつになく大人っぽいまなみがそう言いながら唇に手を当てる。

後ろから差し込む夕陽《ゆうひ》と相まって、まなみの雰囲気に一瞬飲み込まれそうになったが……。

「馬鹿なこと言ってないで、はやく有紀《ゆうき》の家に行くぞ」

「……はーい」

クシャッと頭を撫《な》でて、いつもどおり流す。いや、いつもどおり出来たかどうかにちょっと自信は持てないが、それでも……。

「あーあ、やっぱり康貴にぃは、お姉ちゃんの彼氏なんだなぁ」

「当たり前だろ」

「ふふっ。仕方ないか」

まなみの様子がいつもどおりに戻ったように感じられるのでまぁ良しとしておこう。

「にしても、おんぶしてもらったり手つないだり、やりすぎちゃったかなぁ」

「いまさら感もあるけど……」

「あはは。でもすっごく楽しかったー！　ありがとね！　康貴にぃ！」

どうやらお兄ちゃんは終わったようだった。

また行こうとは言わない辺りも含めて、色々考えてるんだろう。そんなまなみの表情を見て、俺の方からまなみが一番喜ぶであろう声をかける。

「今度は愛沙も一緒に行こうな」

「っ！　うんっ！」

正解だったようで、帰り道もずっと、まなみは満面の笑みを浮かべてくれていた。

◇

「「「誕生日おめでとー！」」」

「わーい！　ありがとー！」

有紀のところのカフェを貸切《かしきり》状態にしてもらって開かれたまなみの誕生日会。

店の内装が誕生日仕様になっていて、ケーキも手作りという気合いの入りようにちょっと驚いた。

いや、それよりも目に入ったのは……。

「なんで二人ともチャイナドレスなんだ……？」

「これは……もう！　もともとは康貴が買ったんでしょ！」

「いやあれは……でも可愛《かわい》い」

「……っ！　もう！」

思わず口から出て愛沙に軽く叩《たた》かれる。

秋津《あきつ》と出かけたときに買っていたチャイナ服。結局渡したはいいが着る機会もなくここまで来ていたんだけど……。

「私がお願いしたんだー！　お祝いのときに着てって！」

「なるほど」

まなみに頼まれたら断れないよな。

胸元も、足のスリットも普段見えない素肌が見え隠れしてドキドキする。

「ボクも巻き込まれて買うことになっちゃったし……康貴くんに褒めてもらわないと割に合わない……」

「それで割に合うのか……似合ってるけど……」

「うぅ……なんか愛沙ちゃんと違う気がするけどまぁいっか……えへへ」

有紀もばっちり同じものを色違いで身に着けているんだが、サイズの違いだろうか。胸元が強調されすぎてて目のやりどころに困る状態だった。

「えへへー、二人とも可愛いー！　ありがとー！」

まなみが二人を褒めると、二人ももうなにか言うのを諦めてため息をこぼしていた。

まなみには優しい目線を送ったのにこちらを向いた途端二人ともジトッと睨《にら》みつけてくるけど、まぁこの格好を見られたことを考えるともう、甘んじて受け入れようと思う。

ただそれにしてもいつまでもこれでは居心地が悪いので話題を変えることにしよう。

「昼の営業終わってからそんなに時間なかっただろ？」

「ふふ。頑張っちゃった」

バルーンやらで飾り付けされたカフェはまなみらしく賑《にぎ》やかで楽しげな雰囲気になっていて、まなみも興奮気味だ。

「すごいね！　作ってくれたの⁈」

「ケーキは二人でやったから、お店で出すのとはちょっと違うけど……」

「こっちのほうが嬉《うれ》しいー！　ありがとー！」

「わっ……」

有紀に抱きついて全身で喜びを表現するまなみ。可愛らしい。

「えへへ。喜んでもらえてよかった……」

「うん！　早く食べよ食べよー！」

ハイテンションなまなみに若干押されるように、有紀が切り分ける準備を始める。

有紀のほうにまなみが行ったタイミングで、愛沙がこちらに近づいてくる。

「お疲れ様」

「わかるか？」

「ふふ。それ、明日から腕あがらないんじゃないの？」

ダーツ、ビリヤード、ボウリングからのボルダリングだったからな……。

今もちょっと、重いものを持つと腕がプルプルする。同じことやってたはずのまなみがピンピンしてるのがちょっと納得いかないくらいだった。

いやまぁ、まなみだから、で片付けられる部分もあるし、ボルダリングはやってるって話だったしな……。

「まぁでも、まなみの表情を見れば楽しかったのはわかるし……ありがとね？　康貴」

「ああ」

お姉ちゃんの顔で愛沙がそう告げる。

そしてその直後──

「まぁあそこまで楽しそうにしてるのを見ると、ちょっと何してたのか気になるけど？」

「いや……」

今度は彼女としての愛沙が見えて、俺としてはいろんな愛沙が見られるのは嬉しい反面、何をどう説明したら良いか頭を悩ませることになりそうだった。

◇

「さて、じゃあプレゼントを渡しましょうか」

「えっ⁈　まだ何かあるのっ⁉」

「当たり前じゃない」

「えへへー」

　自然と口元が緩むまなみが可愛い。

　愛沙《あいさ》の提案で、俺からのプレゼントは愛沙との合同という形になった。

「あ、じゃあ先にボクが渡しちゃうね、はい」

「おー……開けていい？」

「もちろん」

　有紀が渡した紙包みをまなみが丁寧に開けていく。普段は勢い良く破いて開けるタイプだが、たどたどしいくらい慣れない手付きでなんとか包装紙が破れないようにしているのが微笑《ほほえ》ましい。

　しかも結局……。

「まなみ、手伝おっか？」

「うぅ……お願い、お姉ちゃん～」

　この手の作業は愛沙のほうが得意だからな……。

愛沙もテープだけ剝がして、中身はまなみが最初に見られるようにして返してあげる。この辺り、よくまなみの望みを把握しているなと思う。

「わぁ……ありがとー！」

「ふふ。これからいっぱい使うだろうから」

「うんっ！」

有紀が渡したのは、今日ボルダリングで見ていた滑り止めのチョークを入れる袋と、その中身だった。

「有紀はまなみがボルダリングやってるの聞いてたのか」

「うん……ボクも一緒に行ったんだけど、あれは身軽な分まなみちゃんのほうがすごかった……」

「有紀よりすごいのか……」

もしかするとまなみがハマったきっかけは、これかもしれないな。どんな競技でもまともなライバルがいなかったまなみにとって、唯一の基準が有紀だったかもしれない。

「えへへー。さあ、お姉ちゃんたちのも開けよー！」

もうすでに包装紙のテープだけきれいに取った状態でまなみにプレゼントを渡す。

縦長の箱から出てきたのは……。

「おおー！　これ、部屋でやっていいの⁉」

服だったり文房具だったり、いくつかあった候補の中でもこれは一番、らしいプレゼントだった。

「へぇ、こんなのあるんだね」

渡したのは壁に打ち付けて使う懸垂用のボード。選んだときはまなみなら色んな使い方をして楽しみそう、という感じだったんだが、奇《く》しくもボルダリングのためのトレーニング器具だった。

「これ、今日行ったジムにもあったよな」

「うんっ！　家でやれるのすごく嬉しい！」

まだボルダリングのことを聞かされていなかったのにこれをピンポイントで選んでくる辺り、愛沙は流石《さすが》お姉ちゃんだな。

「大切にするね！　ありがと！」

「わっ……もう……」

思わず、といった様子で愛沙に抱きついたままなみを、愛沙も優しく抱きしめ返していた。

◇

「えへへー。幸せだー」

マスターたちからもお祝いされ、コーヒーを出してもらってボックス席でくつろぐ。

「ふふ。良かったわ」

「そうだな」

まなみが喜んでくれて良かった。

後は帰るだけかと思っていたら……。

「あのね、お姉ちゃん、康貴《こうき》にぃ」

「ん？」

まなみの表情がさっきまでのふわふわしたものから切り替わったのを見て、正面に座っていた俺たちも姿勢を直してまなみに向き合う。

「えへへ。実はね、ボルダリング、ちょっと本気でやろうと思ってるの」

「本気で……？」

「うん。今日康貴にぃと行ったジム、世界大会に出てる選手もたまに来てて、私に出てみないか？　って」

「世界大会に⁉」

いきなりの話だがまなみならないこともないのかと思ったんだが……。

「あはは。流石にいきなりは無理だけど、大会で結果を出していけば狙えるって言ってもらえたから」

「そうなのか……いやまぁ、俺から見てもすごかったけど……」

「ありがと……。どうせやるからには世界大会でも活躍したいんだけど、旅費もかかるし、言葉もわからなきゃだから、実はバイトも増やしたりしてたんだ」

「もうそこまで……」

　思ったよりも本気だった。

　いや、これまでどんな競技でもまなみは本気を出し切ってなかったかもしれない。これがもしかするとまなみにとって初めて、しっかり向き合えた競技だったのかもしれない。

　まなみの成長を感じ取る。

「というより、お姉ちゃんたち気付いてたんじゃないの？」

「どうして？」

　キョトンとした表情で小首をかしげる愛沙。

「あれ？　だって今日もらったプレゼント、ボルダリングやってなきゃ知りすらしないと思ったんだけど……」

　まぁ確かに。

いやでも、知らなかったからこそ、まなみが喜びそうな面白そうなもの、ということで選んだんだったよな。

「あれを選んだのは愛沙のお手柄だな」

「流石お姉ちゃん！」

「別にそういうわけじゃ……でも、喜んでくれたなら良かったわ」

「うんっ！」

「それに……すごいわね。まなみは」

「？　えへへ、ありがと！　お姉ちゃん！」

ちょっと唐突な愛沙の言葉に一瞬混乱したようなまなみだったが、すぐに笑顔を見せていた。

決意を固めたまなみは、今日一番大人びて見える。

そんな様子を見た愛沙は、誇らしげに、でも少し寂しげに、まなみの頭を撫《な》でていた。

有紀《ゆうき》のライブ

「楽しみだねー、お姉ちゃん、康貴にぃ」

「そうだけど……ほんとにここでやるのか」

有紀がついにライブに出るということで見に行くことになったんだが、会場が思っていた以上に大きくてびっくりした。

有紀が「まだ小さいライブ」と言っていたのもあってギャップに驚かされる。小さいライブ、の規模が知りたくて軽く調べていた限りだと、大体本当にそんなに大きくない、数十人が立ち見するくらいのライブハウスでやるものが出てきていたんだが、ここはもうその規模ではない。

多分数百人入れるし、それに……。

「なんか、見覚えのあるアーティストも出るみたいだな……」

「そうね。この人もちらっと朝のニュースに出てたんじゃ……」

ソロライブではなく何組かが入れ替わりで出番を回すらしいんだが、共演するアーティストがすごかった。

いやまぁ、それで言うと有紀のアーティスト名である〝ゆきうさぎ〟は、その中でもネットでの知名度が高いものではあるんだけど……。

「康貴にぃ、前で見よー！」

「わかったわかった」

結構自由に場所を選べるようだったので、まなみに引っ張られるまま前に進んでいく。

有紀が出るまでに何組かあったが、どれもかなりレベルが高いのが素人目《しろうとめ》にもわかるくらいだった。

周囲の反応を見てもそうなんだろう。

「いまのヤバくね？」

「もうそろそろメジャーデビューだろ」

「というかここでライブやってる時点でほとんど秒読みだもんなぁ」

「そうだよなぁ。箱で見られる最後の砦《とりで》っていうかさぁ」

なるほど。

だとしたら有紀は……。

「次、ゆきうさぎじゃん！」

「なんか聞いたことあるような……」

「うっそだろお前知らねぇのかよ。ネットですげーことになってるのに」

「あー、でもオリジナル持ってたっけ？」

「あるんだよ、しかも作曲したのもあの――」

聞こえてきたのはそこまでだった。

有紀――ゆきうさぎがステージに登場した途端、会場のボルテージが数段階あがって、歓声にかき消されて聞こえなくなったのだ。

「わー！　ゆきちゃーん！」

「かわいー！」

「すごい人気だな……」

「そうね、というかまなみがもうすっかりファンになってるような……」

最前列で大はしゃぎするまなみ。釣られるように周りも前のめりになっていた。

「私たちも楽しみましょうか」

「そうだな」

照明が動く。有紀にスポットがあたった途端、周りの歓声が一瞬で静まり、息を呑《の》む音が聞こえてきた。間髪入れずにアカペラで有紀が歌い始めた途端、ちょっとしたざわめきが起こったのを感じていた。

ここまでのアーティストたちでも、メジャーデビュー目前と言われるレベルだったというのに、贔屓目《ひいきめ》なしに有紀のレベルはまるで比べ物にならないものだった。

こんなにうまかったか……？　いや確かに録音している音源でも抜群にうまかったけど、生歌になると全く感じ取り方が変わった。

それにきっと、有紀の成長も大きいんだろう。

圧倒的なパフォーマンスで観客を虜《とりこ》にした有紀のステージ。アカペラで始まった一曲目は音が入るとポップな感じになって、ゆきうさぎのイメージどおり可愛《かわい》らしさを見せながら、でも歌唱力が圧倒的すぎて、気づけばあっという間に曲が終わっていた。

周囲の反応ももはや、有紀の、いやゆきうさぎの一挙手一投足に注目して妙な静けさに包まれたくらいだ。

だというのに、次の曲でもまた、有紀は観客の度肝を抜くパフォーマンスを見せる。

「あれ？　この曲……」

「俺でもわかるアニメの曲だ」

ここまでの参加アーティストはみんなおそらくオリジナルソングだったと思う。有紀はオリジナルがあまりないとはいえ、少ない持ち時間をこれで使うのか？　と思ったが……。

「いっくよー！　皆《みんな》ついてきてね！」

「おい、コールわかるか?!」

「この曲はわかりやすいから前で歌ってるの見ながら乗ってればついていけるって！」

コール・アンド・レスポンス。有紀の歌に合いの手を入れる形で、観客が参加する曲。それを誰もが知ってる曲でやることで、さっきまでの雰囲気を払拭《ふっしょく》して観客を虜にする。

「わー！」

まなみなんてもう大はしゃぎで声を出して楽しんでいた。なるほどなぁ……。

「すごいわね、有紀」

「ほんとにな」

三曲目で再びオリジナル、しかもバラードに戻った有紀は、圧倒的な歌唱力で観客を再び黙らせて、三曲という非常に短いものながら抜群のインパクトを残して終了した。

◇

「あの子、ここで見れたのはラッキーだったな」

「伝説になるんじゃないか？　このライブ」

その後のアーティストの中にはすでにメジャーデビューしているグループまであったというのに、観客の話題は〝ゆきうさぎ〟で持ちきりだった。

「すごかったな……」

「ええ……ほんとに」

帰り道に見た愛沙《あいさ》の表情が少し気がかりだったが……。

「楽しかったー！　いいなぁ、お姉ちゃんたちはまだ楽しいこと続きで」

「え？」

まなみの言葉にピンと来ず間抜けな声を出したが……。

「修学旅行、もうすぐでしょ？」

「ああ、そういえば」

「もー、せっかくなら楽しまなきゃ！　ね？」

そう言いながら耳元に顔を寄せてくるまなみ。

「お姉ちゃんとの仲を深めるチャンス、でしょ？」

それは……。

愛沙の横顔を見ながら考える。

確かに修学旅行は、大きなチャンスなんだろう。

多分それは、俺たちだけじゃなく、他のカップルたちにとっても……。

決意【愛沙視点】

「どうしよ……」

ベッドでぬいぐるみを抱きかかえながら考える。

康貴《こうき》との夢のような生活の反動か、ここ数日の私はずっと頭の片隅になにかモヤモヤしたものが引っかかっていた。

今日有紀のライブに行って、ようやくこの気持ちの正体がわかった。

「……不安、ね」

まなみがすごいことは、ずっと一緒にいた私は一番良くわかっていたつもりだった。

そんなまなみが、一つの競技に集中してやる気を出し始めたのだ。

名前しか出てきていないとはいえ、世界規模を見据えての挑戦。しかももうそのためにバイトまで増やしたと聞いて、急にまなみが遠くに行ったように思えた。

私はこれまで、まなみをどこか〝妹〟でしかないと侮《あなど》っていたんじゃないかと思い知らされたんだ。

「まなみだって、夢に向かって自分で考えて動ける歳《とし》、なんだ……」

一歳しか違わないんだ。それはそうだろう。

それでもどうしても、ずっと妹のまま、どこかで私が頼られると思い続けていた。

でももう、まなみは自分で動き出している。

しかもその先は、私なんかじゃ到底想像もできない景色が広がってるはずだ。

「調べたらもう、まなみの世代で世界で活躍してる選手もいるみたいだし……」

まなみの能力を思えば、私からすればもう、決意した時点で世界に手は届いていると思ってしまう。

そして……。

「まなみも、康貴が好き」

康貴だって悪く思っているはずがない。これまで康貴がまなみに好意を寄せられても平然としていたのは多分、妹だったからだ。

でも今回の話で、康貴だってわかったはずだ。もうまなみは妹だけに収まったりしないって。そうなったとき、康貴はまなみのアタックを振り切り続けるだろうか……？

「ううううう……」

そこに来て今日の有紀だ。

音楽なんてそんなに詳しくない私にも、いや、そんな私でもわかるほど、有紀はすごか

った。

今だってもうネットじゃ有紀《ゆうき》は話題になっているけど、多分これからもっともっとすごくなっていくのは目に見えている。

そして有紀も、康貴を……。

「このままじゃ、だめだ」

まなみも有紀も本当にすごい。

そんなすごい二人が、どっちも康貴のことを好きなんだ。

「康貴は本当に、私なんかでいいのかな……？」

二人に比べればあまりに何もない。

それどころか、ちょっと前まで恥ずかしくてまともに接してもいなかった相手。素直じゃない私の相手はきっと、康貴を疲れさせたと思う。

「修学旅行……ここで……！」

私も頑張ろう。

二人と違って何もない私だけど、康貴のことだけは負けたくない。康貴に好きでいてもらいたい。

だから頑張って、一杯意識してもらって、二人に言い寄られたってもう、関係ないくら

いにならなくちゃ……！

「頑張る……！」

決意を新たにする。

勝負の修学旅行はもう、目前に迫ってきていた。

修学旅行　一日目

「革命」

「えぇぇぇぇぇ」

「あ、じゃあ俺これであがりだ」

「私都落ちじゃん！」

新幹線の中は車両ごと学園の人間しかいないということもあって非常に賑《にぎ》やかだった。

すぐ隣の座席を四人で向かい合わせてトランプを楽しんでいるのが真《まこと》、隼人《はやと》、加納《かのう》、秋《あき》津《つ》の四人。

「康貴、大丈夫？」

「窓側にいるし、酔い止めも飲んでるし大丈夫、ありがとな」

俺は多分一緒にトランプをやると五分で酔うから進行方向の窓際《まどぎわ》に座らせてもらっていた。おかげで体調に問題はない。

「なんかボク、肩身狭いなぁ」

こっち側の三人がけの席をボックス席にして座っているのが俺と隣に愛沙。正面に有紀、

東野《とうの》、暁人《あきと》だ。

まぁ、言わんとすることはわかる。

「それにしても、こうして見ると確かにカップルだらけよね、ここ」

東野がさらっと言う。

隣り合う東野と暁人、そして俺と愛沙。

で……。

「幼馴染《おさななじみ》みたいなもの、とは聞いてたけど、真たちもとはなぁ……」

「私からするともともと付き合ってるような距離感だったけどね、あの二人は」

加納と真もなんだかんだあって付き合うことにしたらしい。とはいえもともと二人は学外では一緒にいることも多かったようで、付き合ったからといって大きく何かが変わるような二人ではないという。

まぁ加納がそもそも表情の変化に乏しすぎて見てもわからないというのもあるな。

「ボクから見るともう、あそこの二人も秒読みじゃないのかなぁ」

「莉香子《りかこ》がこの修学旅行中に落としきれるか、ね。服も気合い入ってるというか、あれ選んだの藤野《ふじの》くんなんじゃないの？」

「よくわかったな……」

確かにあの服は秋津とまなみと出かけた日に買っていたやつだ。それだけここに勝負をかけに来たんだろう。

「明らかにいつもと違うし、狙いを考えればまぁ、ねぇ？」

東野が微笑《ほほえ》む。

「効果はありそうよね、見てる限り」

愛沙の言葉どおり、隼人の視線を集めることには成功している。おかげで秋津のテンションが何割か増しで高いというか、さっき小さくガッツポーズまでしてたからな。手応えはあるんだろう。

「にしてもなんか東野、学校とテンションが違うな」

「そうかな？」

「藍子《あいこ》はなんだかんだいつもこんな感じよ」

「そんなもんか」

それだけこのメンバーでいることに慣れたということかもな。

「有紀も新しい恋、見つけなきゃね？」

「ボクは音楽が恋人だから……うぅ……」

ノリノリの東野にいじられながらも、なんだかんだ有紀が楽しそうなことは表情からも

よく伝わってきていた。

◇

「道頓堀だー！」

「うおおお！」

秋津と真が叫んでいた。

結局一日目の自由行動は食べ歩きということで、俺たちは大阪の南の方までやってきていた。

「自由行動、多くない？」

「今日は大阪で、明日は京都で、最終日も時間あるのよね？」

新幹線で京都に到着後、バスでいくつか観光施設を回り、すぐに班別の自由行動となった。

事前に行動計画は提出しているとはいえ、夕ご飯までにホテルに戻ればいいという割とアバウトな感じだ。

そして……。

「じゃあ、当初の予定通り私たちは別行動だけど……ほんとに大丈夫？」

おそらく本来止めるべき立場の東野が率先して別行動を推し進める。いやまぁ、学園側

も問題にならないならよしとしている節があるし、いいんだろうけど。

流石《さすが》に完全にバラバラでは困るということで、初日は東野と暁人だけ離れるということになっている。

まぁこの組み合わせなら問題ないというか、むしろグループで行動させたほうが暁人がどこに行くかわからないし、このほうがいいかもしれないな。

「楽しんできてね」

「報告、楽しみにしてるよー」

「暁人、夜話聞かせろよー？」

そんなことを言い合って別れる。早速東野に手を引かれる暁人を見送り、改めて修学旅行の自由行動がスタートした。

◇

「美味《おい》しいー」

「たこ焼きだけで三軒目ね……」

暁人たちがいないにしても結構な人数のグループではあるが、それでもまぁ多少身軽になって向かった先は商店街食べ歩きツアーだった。

歩けばたこ焼き屋にぶつかる頻度で目につく店を、全て並んで買い比べていく。

「有紀って意外と食べるよね。やっぱりそれがそのスタイルの秘訣《ひけつ》……?!」

「ちょっ、莉香子ちゃん手付きが怖い！」

秋津相手だとほとんど俺たちと同じように話せるまでに至った有紀のじゃれ合いを眺める。

「ここからホテルまでの時間考えたら三時間くらいはまだ自由だけど、ずっとたこ焼き食ってるつもりか？　あいつら」

「まぁそのうち限界を迎えるだろうし、他に行くとこ探しとこうか」

隼人に声をかけられて答える。

テレビでよく見るカニとか、写真スポットを回るだけでもまぁまぁ時間は潰せるはずだ。

俺たちは遊園地にも大阪城にも行かず今日はここで遊び倒すという行動計画だったし、そこはそのままでいいだろう。

「あっち、美味しそう」

「よーし、行くかー！」

なんだかんだ加納も楽しそうだし、真はほとんど保護者のような感じで先導してくれるし、悪くないだろう、こういうのも。

修学旅行　一日目　夜【愛沙《あいさ》視点】

「で、で、どうだったの？　デート」

「えっと……」

莉香子がグイグイ藍子に迫る。

ホテルではあるけど和室に布団《ふとん》を敷き詰めた状態は、こういう話をするにはうってつけだった。

有紀《ゆうき》も美恵《みえ》も、藍子の言葉に耳を傾けていた。

ただ、藍子の口から出てきた報告は……。

「キス、しちゃった」

「え⁉」

思っていたよりすごいのが出てきた⁉

「なになに、やっぱり滝沢《たきざわ》くんがグイグイきたの⁉」

莉香子が突っ込む。

有紀も顔を赤くして興味津々《きょうみしんしん》だし、美恵もいつもよりわくわくしてるのがわかる。

「えっと……私からしちゃった」

「っ⁉」

思わず皆《みんな》して固まる。藍子は構わずこう続けた。

「愛沙に相談してたんだけど、ね？　ちょっと薄暗い場所で二人っきりになればそういう雰囲気になるって言われて、カラオケで……」

「愛沙っ⁉」

莉香子がガバっとこちらにやってくる。一瞬有紀も動いたのが見えた。

言いたいことはわかる。

でも私も色々言いたい。

最初の相談で何も言えなかった私は、あれから色々調べたりして、その情報を藍子に送ったりしていた。

「ありがとね、愛沙」

「えーっと……」

それでも結局藍子の相談は毎回過激で、受けたけどまともに答えられなかったというか……割と勢いで漫画とかで見た知識だけで答えたりもしてたんだけど……。

「つまりこれはもう愛沙も……⁉」

「そうなの⁉　愛沙ちゃん！」

今度こそ有紀も布団から出てきて私に詰め寄る。

「うぅぅう……してない！　私はしてないから！」

「え、そうだったの？」

今度は逆に藍子が驚く。

アドバイスまでしたのにこっちは進んでいないのが意外だったのはわかるけど、私の心はどんどんダメージが蓄積されていく……。

「ま、まあ明日はほら、愛沙たちの番だし？」

「ここで一歩も進んでなければ、ボクにもチャンスがある……？」

「なっ⁉」

藍子が慰めてきて、有紀がそそのかしてくる。

顔が赤くなっていっぱいいっぱいだ。

そんな私たちに、ふと莉香子が真面目な顔をしてこう言った。

「ねえ、明日なんだけどさ」

「？」

莉香子の様子を見てみんなふざけるのを止《や》めて話を聞く。

「私も隼人《はやと》と二人に、なれないかな？」

真剣な表情。

それだけでドクンと、なぜか私の心音が速くなった。

莉香子《りかこ》の表情から切実な想いが溢《あふ》れてくる。

「もちろんいいんだけど、でもどうやって二人になるかよね」

藍子が言う。

確かにそうだ。藍子や私は付き合ってるからこそ、皆の同意以前に相手の同意が取れているから成り立っていた。

「それとなくばらばらになっていって二人を残す……？」

「それにしたって……うーん……」

藍子が頭を悩ませている。カップルごとに抜けていくにしても、女子が五人いる以上どこかで問題になるんだけど……。

「愛沙たちが抜けたあとでうまいことやろっか。なんとかできると思うし」

「お願いっ！」

「任せなさい！」

「大丈夫なの？」

藍子《あいこ》が言うなら大丈夫なんだろうけど……。

「なんとでもなるわよ。それより愛沙は自分のことに集中しなきゃ、ね？」

「う……」

「明日進展がなかったらボクが……」

「だめっ！」

その後もなんやかんやと言い合いながら、気付けばそれぞれ眠りについていた。

私も明日、どうやって康貴《こうき》に迫るかを考えていたら眠りについていたようだった。

修学旅行　二日目

「じゃ、楽しんでねー」

「うん……」

「またあとで」

午前中はクラスごとにバスで移動して、昼食をとってから自由行動。

俺と愛沙はここから別行動ということで、皆に見送られて二人になった。

そこまでは良かったんだけど……。

「愛沙……？」

「なによ……」

二人になってからの愛沙の様子がおかしい。

ずっと顔が真っ赤で、一緒に歩いているのにどこか距離が遠くてよそよそしい。

付き合う前の、あの怖かった愛沙にちょっと戻ったようですらあった。

「なんかあったか……？」

「な、なにも……」

「そうか……」

ぎこちない。

どうしたものかと思いながらも、立ち並ぶお土産屋さんを眺めながら二人で歩く。

何とかこの空気を変えるものを探しながら、はぐれないように気をつけて通りを歩き続けた。

◇【愛沙視点】

うぅ……。

気まずい。わかってる、私が悪いことは。

昨日の藍子のキス発言以降、ずっと身体《からだ》が熱い。

なんとなくこれを康貴に悟られるのが嫌で、恥ずかしくて、そんなことを考えていたせいでくっつきたいのに康貴から離れてしまう。

本当は手を繋いだり腕を組んで歩きたいのに、身体が勝手に距離をとってしまう。

「どうしよ……」

小声でつぶやく。康貴だってきっと嫌な思いをしているはずだ……。

自分でも顔がこわばってるのがわかるし、また康貴にあのころみたいな思いをさせてる

んじゃないだろうか……。

それでなくてもまなみにも有紀にも差をつけられてるのにこんなんじゃ、本当に康貴の隣に立つ資格なんてなくなってしまう。

でも身体が……。

「こんなんじゃキスなんて……」

焦《あせ》りと緊張でどんどん恥ずかしくなって、一人で自爆し続けてしまう。

康貴はそれでも私のことを道路側に出さないようにサッと身体を入れてくれたり、何も言わずに一緒に歩いてくれてる。かっこいい……。

でもちょっとだけ、康貴だけが落ち着いてることが悔しくなってきた。

「康貴ももっと、意識してくれたらいいのに……」

聞こえないようにぼそっとつぶやいて、それからもグルグル頭が混乱したまましばらく歩き続けたところだった。

「愛沙、休憩しないか？」

「休憩……？」

「あそこのお団子屋さん、すごく京都に来たっぽくてよくないか？」

康貴が指差す先には外のベンチでお団子が食べられる小さな喫茶店があった。

あそこに二人で座った自分を想像して……すぐに康貴に同意を示す。何がどうかうまく説明出来ないけど、すごく京都っぽくて、それにすごく、カップルっぽい。

今のぎこちない私でも隣に座るくらいは出来る。食べながらなら話も少し、出来るかもしれない。

康貴に感謝しながら団子屋さんに向かった。

◇

「美味《おい》しいな！」

「そうね。それに色んな種類があって……」

思わず全部食べてみたくなる。

「こっちのちょっと食べるか？」

「えっと……」

康貴が口元に団子を持ってくる。ちょっと恥ずかしいけど、勢いでうなずいて口に入れた。

「あっ、美味しい！」

「そっちもくれるか？」

「うんっ」

いけた。

ちょっとだけど、いつもの自然な感じに戻れた気がする。

この調子で……。

そんなことを思っていたところで突然、先に食べ終わった康貴が立ち上がって私の後ろに回り込んできた。

「えっ？」

「ちょっと髪触るぞ？」

何が何やらわからないまま、康貴に突然髪を持ち上げられる。

「あれ？　こうやればいいって書いてあるんだけど……」

なにか後ろでつぶやきながら、髪をまとめたりひねったりして悪戦苦闘する康貴。くすぐったいやら何やらで気になって後ろを見ようとしたところで……。

「出来た！　どうかな？」

携帯のカメラで撮った写真を見せてくる康貴。後ろから肩越しに携帯を見せてるせいで顔が近いけど、康貴は何かがうまくいったのが嬉《うれ》しくて気にしていない様子だった。

「これ……かんざし？」

「さっき入ったお店で見つけて、似合いそうだったから買ってきたんだけど、どうかな？」

写真に写っていたのはシンプルなとんぼ玉のかんざし。不慣れな手付きの通り、髪は一部跳ねたりちょっとごちゃついているけど……そんなところも全部含めて、この贈り物が嬉しくて、ドキドキしてしまう。ちょっと泣きそうなくらいだ。

そう、泣きそうなくらい、私は康貴が好きだと、再確認させられた。

「あれ？　どうだ？」

私が黙ってしまったせいで康貴が不安そうに確認してくる。

「嬉しい……ありがと」

「よかった」

そう言って手を引っ込めようとした康貴を……。

「待って」

「お？」

康貴の手を取る。まだ携帯が手元にあるし、これをこのまま操作して……。

「記念撮影、ね？」

「ああ……」

ふふ。ここに来て初めていつもより顔が近くにあることに気付いた様子で目を逸《そ》らす康貴が可愛《かわい》くて、ちょっとだけ心に余裕ができる。

「撮るわよ？」

「あ、あぁ……」

顔を逸らそうとする康貴を画面上で見つめながら写真に収める。

形に残るものが手元に出来たからか、少し気持ちに余裕が出来た気がする。

「ふふ、康貴、どこ向いてるのよ」

「いや……」

よし。

ちょっと余裕が出来たおかげで、落ち着いた。私と康貴は、焦って関係を進める必要はないんじゃないかって。

私が焦って空回ってたところに、康貴がこうしてプレゼントをしてくれたみたいに、今度は私が康貴のことをよく見て、何か出来ることを探したい。

そんなことを繰り返していれば、自然と、そういう関係になっていく、そんな気がした。

気持ちの整理が出来たところに、ちょうどよく携帯が鳴った。康貴も同時に、だ。

「莉香子《りかこ》からだったけど」

「同じだ。グループメッセージになってる」

二人でうなずきあってメッセージを確認する。

「え、すごい！」

「おお、やったんだな、秋津《あきつ》」

そこには無事宮野《みやの》くんに告白して付き合うことになったという報告と、私たちの協力のおかげ、という感謝の言葉が記されていた。

「すごいわね、莉香子」

「ああ」

二人きりにしてほしいと宣言した莉香子の表情を思い出す。頑張ったんだろうな……。

二人とも付き合う前から相談を受けていただけにほっこりした気持ちになっていたんだけど、莉香子のメッセージはそれだけで終わらなかった。

『それでね、勢い余ってチューまでしちゃったんだけど、その先って、何すればいいのかな⁉』

「な……⁉」

莉香子の落とした爆弾を受けて、私の頭の中をまたキスという単語がぐるぐる回りだしそうになったところだった。私がいっぱいいっぱいになる前に、康貴《こうき》の異変に気付いたの

だ。

あれ……？　康貴、もしかして意識してる……？

キスは今まで私の独りよがりな思いだと思ってたけど、康貴のことをよく見て出来ることをと決意してからこんな顔をされたら……。

「頑張らなきゃ……かも」

とはいえまずは莉香子のメッセージになんと返すか、康貴と二人頭を悩ませることになるのだった。

修学旅行　二人の夜

「よし……」

「ん？　どっか行くのか？　康貴」

夜、もう風呂《ふろ》も入って、各部屋であとは眠るだけとなった時間になって、俺は部屋を出ようとしていた。

「ちょっとな」

それだけで暁人《あきと》はすべてを理解したようでニヤリと笑う。

ちなみに交代制で隼人《はやと》と真《まこと》はまだ風呂から戻ってきていない。だからまだ、外に出ても大丈夫ではあるんだが……。

「女子棟のハードルは高いだろ？　メッセージ見とけ」

「メッセージ？」

暁人から届いたメッセージにはしおりに描かれた地図と、その上に赤いマーカーが……。

「穴場だ。使う場所は先に言っとけよ？　かぶらねぇようにするから」

「なるほど」

いつもなら呆《あき》れるところだが、今日ばかりは悪友に感謝しておいた。

「左下のマーカーで」

「あいよ。貸しだぞ？」

「わかってるよ」

今度は変なところに連れて行かれる前にこっちからお礼することにしよう。幸い暁人に借りを返すのは楽になったしな。

おすすめデートスポットでも送っとくか。暁人は不服だろうけど、東野《とうの》も一緒のグループにして送りつけたらいいだろう。

「行ってくる」

「健闘を祈る」

暁人は楽しそうに笑っていた。

◇

今日の愛沙《あいさ》の様子を思い返す。

「明らかにソワソワしてたよなぁ……」

もう流石《さすが》に愛沙がそっけない態度をとっていたって、それが俺を嫌ってるからじゃない

ことくらいはわかる。

今日の愛沙はどこかよそよそしかったが、それでも絶対に俺から離れようとはしなかったし、最後は笑ってくれていた。

あれは多分……いや間違いなく……。

「キス、意識してるよなぁ」

かくいう俺も、そこの意識は結構させられていた。

「こんな時間に呼び出したら、そりゃ、意識させるよな」

秋津からの連絡は二人で見たんだ。実質もうこれは、そういう意思表示と思われたっておかしくない。

というか、俺自身、かなりあのメッセージに感化されているのは自覚していた。

あのとき愛沙とは、自分たちなりのペースでいいと話していたのにこれなんだ。修学旅行の空気と、周りの影響で、多分今、熱に浮かされてる。

まぁそれだけではもちろんないというか、愛沙の様子がこのままじゃ心配というのもあるけど……。

来た……。

待ち合わせ場所に設定したのは宿のそばの人気《ひとけ》のない自販機前。愛沙のいる女子棟から

は明るいルートで来れることは確認してたけど、ひとまず来てくれたことにほっとする。

「康貴」

「ごめんな、こんな時間に」

「うん……」

風呂上がりの浴衣《ゆかた》姿の愛沙の頬が赤いのがなんのせいなのかは、ちょっと考えないようにする。

「どうしたの？　突然」

「いやちょっと、話したくて」

「そ、そう……」

傍《そば》にあった石段に座って、二人で肩を寄せ合う。

さて……会えばなにか変わるかと思ってたけど、だめだ、なんか緊張して、話し出すにもどうすればいいかわからなくなる。

「えっと……」

「うん……」

また無言の時間が生まれてしまう。

愛沙と二人でいるとき、普段なら無言でも居心地が悪くなることなんてないんだが、今

日だけはちょっと、自分が呼び出した手前気になってしまっていた。

そんな俺を見て愛沙がそっと、俺の手に自分の手を重ねた。

「ふふ、おっきいわね」

愛沙がそう言う。

「愛沙は細いな」

「そうかな？」

触れ合う指は少しひんやりしていて心地よい。そのまましばらく二人で手を重ね合って、それだけでさっきまでの居心地の悪さはなくなっていた。

と、思っていたら愛沙が突然こう言った。

「ごめんね、康貴」

「突然だな」

「今日の私、ちょっとおかしかったでしょ？」

「それは……」

「それで多分、呼び出してくれたんだろうなって」

それはそのとおりなんだが、それを愛沙から言わせてしまうとこう、ちょっと情けない気持ちになる。

「ふふ。嬉《うれ》しかった。呼んでくれて」

「そうか……」

「なんで落ち込んでるのよ」

「いや、なんか俺がフォローされてたら世話ないなと思って」

「ふふ」

愛沙は笑う。

そして。

「そんな康貴が好き」

「っ⁉」

こういうときの愛沙にはいつも驚かされる。

一度吹っ切れれば愛沙は思い切りがいい。この辺りはやっぱり、まなみのお姉ちゃんなんだと思わされるところだった。

ぐっと距離を縮めてきた愛沙にタジタジになりながら、なんとか俺もこう返す。

「俺も、好きだ」

「ん……」

人気のない夜道。

二人きりで、距離も近い。

お互いもう、あとはどうすればいいかわかっていたと、そう思ったんだが……。

「あ、えっと……」

覚悟を決めて一歩踏み込もうとしたところで、愛沙が耐えきれないと言わんばかりに立ち上がった。

「そろそろ戻らなきゃ、ね？」

「もうそんな時間か」

「うん……」

まぁ仕方ない。いやもしかすると、今いこうとしてたのは俺の方だけだったのかもしれないと、ここに来て気付かされた。

なぜなら手を取ってくる愛沙の表情が、実に清々《すがすが》しい笑顔だったから。

「ありがとね」

どこかこれじゃないなという気持ちを抱えながらも、ひとまず目的は達成したからいいかと宿に引き上げることになったのだった。

帰ってから暁人に追及された上、何もしなかったことを冷やかされ続けたのは言うまでもなかった。

これからのために【愛沙視点】

修学旅行はその後、滞りなく日程を消化していった。色々楽しんだし思い出もあるけど、藍子《あいこ》のキスと莉香子《りかこ》の告白を超えるビッグニュースは生まれることなく、今に至った。

そう、それ以上の報告が、出来なかったのだ。

「うううううう」

今になって思う。

あれは絶好のチャンスだった。

「どうしてあのとき気付かなかったの……！」

自分で自分を責める。康貴《こうき》だって間違いなく意識してくれてたし、なんならもう、あと一歩だったと思うのに……！

「うぅぅううう」

あのときはほんとに康貴に呼び出してもらった嬉しさでいっぱいいっぱいで、幸せで、それ以上考える余裕がなかった。

修学旅行の夜に二人きりで待ち合わせして会うだけでもほんとにドキドキさせられたん

だ。それを康貴が言ってきてくれたのが嬉しくて……それで……。

「こんなに……その……したい、のに……」

藍子に続いて莉香子まで先を行った焦《あせ》りがある。

でも同時に、もう少しこのままでもいいのかなという思いも、自分の中に芽生えていた。

自分で自分の気持ちがわからない。

いやそれ以上に……。

「康貴は、どう思ってるんだろ……」

したくないと思われてるはずはない。そう思う。だってあの日、康貴はそのつもりで呼び出してくれたはずなんだ。そうじゃないとちょっともやもやする……。

でも康貴が今すぐにでもと思っているか、もっとゆっくりと考えているかはわからない。

あの日の夜、康貴から呼び出してくれたときは意識してくれてたとしても、私はあの日、康貴を拒んだと思わせた可能性すらあるんだ。

そんなつもりはもちろんないけど……。

でも康貴もあの日は、キスに意識があるんじゃなく、私の様子を心配してくれていた部分も大きかったはずだ。もしかしたら私の早とちりで、康貴は慰めるためだけだったかもしれないし……。

色々考えてたらもう、自分じゃどうしようもなくなってきてしまう。

「どうすれば……」

もしかしたら藍子も莉香子も、こんな気持ちだったのかもしれない。

色々複雑で、もやもやして、わからなくなって、だからこうやって、頼ってくれたのかも……。

「私も……」

自分一人で考えてたってもう、どうしようもなかった。

まなみに頼り切るだけでもダメだと思うし、有紀《ゆうき》はなんだかんだで協力してくれると思うけど、それもダメだと思う。

携帯を開いて、メッセージを起動する。

藍子と莉香子に、このもやもやごと全部一度、相談してみることにした。

◇

「いやー、愛沙《あいさ》から相談してくれるなんて、ちょっと嬉しいね」

「でも私こないだ付き合ったばっかりだし、役に立てるといいけど……」

嫌な顔ひとつせずやってきてくれた二人とファミレスで話をはじめる。

二人ともキス経験者……そう考えただけでなにか途方もない壁のようなものを感じて、二人が大きく見える。でも今はそれが頼もしかった。

「さて、じゃあまず何から聞こうかしら」

「えっと……」

藍子が進行してくれる。いつも本当に頼れる存在だ。

私も覚悟を決めて、二人にまっすぐ質問をぶつけた。

「キスって、どんな感じ？」

「ぶっ⁉」

「莉香子⁉」

飲み物を吹き出した莉香子をタオルで拭きながら藍子がこちらを見る。

「いきなり飛ばしてくるわね……」

「ごめん……？」

「でもまぁ、愛沙がそのくらいいっぱいいっぱいなのは伝わるわ」

「うぅ……」

藍子からタオルハンカチを受け取って自分で制服を拭きながら莉香子が続く。

「いきなりでびっくりしちゃったよもー。でも、どんな感じ、かー」

考え込んで、一言だけこう言った。

「幸せ、かな」

今度は私が飲み物を吹きそうになる。なんか莉香子からポワポワした何かが出てきてるようだった。

「って、なんか反応してよ！」

「ごめんごめん、ちょっと幸せそうなオーラが強すぎてどうしていいかわからなくなって……」

「なっ……」

藍子の言葉を受けて莉香子の顔が真っ赤に染まっていった。

「そういう藍子はどうなのさ！」

「え⁉　んー……私はほら、ちょっと必死だったというか……それに暁人《あきと》くんなんかキスする度に手慣れてる感が出てちょっとモヤモヤするから私も対抗してなんか激しくなっちゃうし……」

激しく……？

想像してしまう……激しくってどういう……。

「わー！　ごめん愛沙、戻ってきて！　湯気出そうになってるよ⁉」

藍子に揺さぶられる。

顔が熱い。差し出された冷たい飲み物で少し落ち着いた。

「ねぇ、激しいって、どんな……？」

莉香子も私と同じくらい真っ赤になりながら藍子に聞く。釣られるように藍子も顔が赤くなっていって……。

「えっと……その……こう……もうっ！　この話おしまい！　ほら、愛沙の話に戻りましょ！」

藍子も耐えきれなくなって打ち切られた。ちょっと気になったけど……激しいキス。

「ほら、愛沙の相談って多分、キスしたいか、したあとどうすればいいかとか、そういうのでしょ？　そっちの話にしましょ」

「あう……」

藍子に直球で言われると恥ずかしくなる。

「まぁでも、愛沙の反応見る限りさ、焦らないでいい気がするんだよね。康貴くんもがっついてるわけじゃないしさぁ」

莉香子が言う。

「そうよね。私はなんというか……そうでもしないと繋《つな》ぎ止めておけないような不安があ

るからそうしてるだけで、愛沙たちの場合必要ないような……」

藍子も続く。

私自身、そう思う気持ちがないわけではない。でも……。

「康貴とは付き合いも長いから、ずっとこのままだと本当に付き合ってるのか幼馴染《おさななじみ》の延長なだけなのか、自信が持てなくて……」

「こうやって悩んでるとこ見せたらそれだけで康貴くん満足する気がするなぁ」

「私もそう思うけど……そもそも私からすれば愛沙たちのほうが羨ましいくらい進んでるけどね」

「えっ？」

思いがけない藍子の言葉。

莉香子もそれに同意していた。

「わかるー。だって幼馴染で親公認なんでしょ？　一緒にお風呂《ふろ》も入ったんでしょ？」

「流石《さすが》にそれは昔の話でしょうけど、でも私たちじゃどう頑張ってもどうしようもない思い出があるって、いいわよね」

そう聞くと確かに……というよりお風呂に関しては最近も……。

いや、流石にこれは言わないでおこう。

「前に進んでる実感っていうなら、ここで私らがさせてあげてもいいかもね。愛沙の口から思い出を話していってもらってさ」

「それいいかも。逆に付き合ってから愛沙たちが何してたのか気になるし」

「ええっ⁉　えっと……」

おかしい。相談のはずが逆に質問されることに……？

いやでも確かにここで色々話せば、二人の役にも立てて、私の悩みも解決するかもしれないなら……。

夏休み前から康貴とやってきた思い出話を二人に話していくことにした。

◇

「キスよりはるかに進んでるわね……」

「なんか、流石先輩って感じだわ。これからもよろしくね？　愛沙」

「あれ……？」

話し終えての二人の反応はこんな感じだった。

二人に話したのは、まなみの家庭教師として康貴が家に来るようになってから康貴と出かけた場所とかの話だけだったけど……。

「そもそもさぁ、家族公認で家にいつものように来てて、ご飯まで作ってあげてるってもう夫婦じゃん」

「それで付き合ってなかったのよね……というか付き合ってないのに海に出かけて、プールでデート……私付き合った今でも水着で出かけるとこ誘われたらちょっとためらっちゃうのに……」

「うぅ……」

「しかもキャンプ行ったりお泊りしたり、両親だけじゃなくおばあちゃんたちの家でまで一緒だったんでしょ？」

「そうだけど……」

改めて聞かされると恥ずかしくなってくる。

確かに付き合う前から色々してたし、こうして振り返るとなんで付き合ってなかったのかもわからないくらいだけど……。

「付き合ってからもお弁当作って持ってきたり旅行に行ったりさ……というか最近まで一緒に生活してたとかもう！　そんなの断然キスより先だから！」

「藤野《ふじの》くんってそういえば、行事で公開告白みたいなことしたわけだし、そういう意味でも愛沙たちはやっぱり進んでると思うわ」

「うぅ……」

「というかこれだけ一緒にいたのにキスすらしてないって、もうもっと先に行ってても全然おかしくないよね」

「思い出話を聞く限り最近になってからも愛沙って裸はともかく下着くらい見られてること多そうだし、藤野くんの理性がすごいわ」

「そういうものなの……?!」

　というか下着どころか……。

「多分康貴《こうき》、お風呂とかで裸も見てるし……」

「えっ⁉」

「あ……」

　しまった。言うつもりはなかったのに！

「愛沙……もうなんというか、キスしたい愛沙の気持ち云々《うんぬん》はおいておいて、藤野くんが可哀想《かわいそう》な気がしてきたわね」

「手を出さないヘタレなのか、理性がすごいのかだけど……康貴くんは理性だろうなぁ、キスしたら歯止め利《き》かなくなったりして」

「え……」

「あー、ここまで我慢してたんだし、一気に……？」

「ええっ⁉」

もしそうなら……いや……えっと……。

「ふふ。愛沙《あいさ》、顔真っ赤ね」

「ほんと可愛《かわい》いなぁ、愛沙」

「もうっ！　からかわないで！」

「ごめんごめん。でもほら、焦《あせ》らないでいいって、なんとなく思えない？」

「それは……」

確かにこうして考えれば私と康貴はもう、十分前に進んでたのかもしれない。

「それにキスがもしその先に一気につながるんだとしたら、まだ愛沙、心の準備出来てないでしょ？」

「うっ……」

それはそうだ。

というよりそんなの皆《みんな》も……と思って二人を見たけど、どうもつっこまないほうが良さそうな気がした。

「とにかく、愛沙たちは愛沙たちのペースでいけばいいと思うわ」

「そう……かな」

「うんうん。なんとなくやっていけば、そのうち自然とそうなる気がする。だって二人は別れる気配がないし」

「それは……まぁ……」

別れるつもりなんて全くないけど……。

有紀《ゆうき》もまなみもすごいけど、そこを譲る気は絶対になかった。

「だったら大丈夫。焦らないでいけばいいんじゃない？」

「そう思うよー」

二人に言われて、ちょっとだけ自信が持てた気がする。

たぶん今まではどうしようもなく不安だったから、一歩前に進みたいと思い続けていたんだ。

でもたぶん、良くも悪くもキスくらいでなにか変わることはないんだろうなと、ちょっと思ってしまった。

私と康貴はもう、そのくらいいろんなことをしてきたというのが、今日改めてわかった。

「ありがとね」

だからこそ、改めて思ってしまう。

キスがしたい。

これは不安とか進展とか、そういう感情とはまた違う。純粋に康貴と、もっと触れ合いたいと、私がそう願っているんだと、自覚させられた。

ぎこちない幼馴染

「愛沙？」

「ひゃいっ⁉」

「いや、驚かせるつもりはなかったんだけど、ごめん……」

修学旅行も終わり、改めてデートにやってきたんだが、愛沙は終始こんな調子で上の空だった。

修学旅行で一緒にいたときはもう吹っ切れたかと思っていたんだけど、どうやらあのときとはまた違う方向で悩んでいるようにも見える。

「うぅー……」

手をつないだだけで顔が真っ赤になっていく愛沙もこれはこれで可愛いんだけど、流石にちょっとどうしていいかわからなくなる。

それどころか付き合う前は気にする素振りもなかった肩が当たる距離感ですら、愛沙のほうから距離を取ろうとする始末で、ちょっと寂しい。

どうしたものかと思っていたら携帯が震えた。

「これは……」

まなみから来たことだけは確認して、一旦ぎこちないながらも絶対に一定の距離から離れようとはしない愛沙とのデートに集中する。


夜、改めて携帯を見ると、まなみから後日の呼び出しがかかっていた。

◇

「しょうがないなぁ、康貴にぃは」

「まなみが呼んだんだろ……いやまぁ、助かったけど」

「えへへ。お姉ちゃんの様子がおかしかったからそろそろお助けが必要かと思って」

ほんとにまなみはいい妹だな……。

「なんでボクまで……ボク、まだ康貴くんのこと好きなんだけどなぁ」

何度かやったことのあるやり取りな気がする。

今日はまなみの家庭教師で、愛沙はバイトだ。

有紀もいたのは予想外だったけど出かける前に愛沙も確認していったしまぁ、気にしていない様子だったからよしとしよう。

むしろ有紀のほうが若干いじけモードだった。

「さてさて、康貴にぃもお姉ちゃんがおかしいとは思ってたんだ？」

まなみが抱きかかえたクッションに顎を載せながら聞いてくる。

「まあ……」

「おっ、これボクにチャンスある話だった？」

有紀の反応が一変した。

反応するとちょっとややこしそうだからそのまま進めるとしよう。

「修学旅行前後からちょっとおかしかったんだけど、そのときはあの……あれだ……」

キスを意識してぎこちなくなっていた、という話をどう伝えようかで止まってしまう。

すかさずまなみが拾っていった。

「あー、お姉ちゃんちゅーしたいってテンパってたもんね」

「あっさり言うなぁ……」

相談してたのかもしれないけどまなみには本当に筒抜けなんだな。

「ボクはもう修学旅行でしたものだと思ってたけど、まだだったたんだ」

「……」

これについては俺の問題でもあるから歯切れが悪くなる。愛沙が望んでることはわかっ

ていたし、そういうシチュエーションもあったといえばあったと思うだけに……。

「で、愛沙ちゃんの様子がおかしいけど今回は原因がわからない、と」

「そういうことだ」

キスを意識していたところからは一旦吹っ切れてくれたと思ってたんだけど……。

「ちょっと康貴にぃ、一回有紀くんと作戦会議してもいいかな?」

「作戦会議……?」

「まぁまぁいいからちょっとお姉ちゃんの部屋にいてよ。私が許可するから!」

「え……」

「ほらほらー!」

追い出されるようにまなみに背中を押される。どういう原理か全く抵抗することも出来ずあっさり愛沙の部屋に連れて行かれて……。

「じゃ、呼ぶまでここで待っててください! あ、お姉ちゃんの下着は——」

「いらない! その情報はいらないから!」

それでなくても勝手に入ってるのに余計なことを意識させるな!

「あはは。じゃ、ちょっと待っててねー」

それだけ言うと扉が閉められた。

◇【まなみ視点】

「さて、どう思います？　有紀くん」

「んー……原因はわからないけど、愛沙ちゃんだしまだ同じことでグルグルしてる気もする」

「あはは。もうすっかりお姉ちゃんマスターだ！」

「まぁ……恋敵だけど一番仲良い友達だし……ね？」

「えへへ」

有紀くんが転入してきて、またこうして一緒に話せるようになって、その上で、あのときみたいにみんながお互いに大好きでいられるのが嬉《うれ》しかった。

「まなみちゃん的には今回の原因はどうなの？」

「んー、私も同じような感じだと思うんだけど……」

さて、ここからが問題だ。

「まぁ、解決策はすぐ思いつくんだけど」

「だよねぇ」

有紀くんも私もそこは一致していた。

　だからこそこうして康貴《こうき》にぃと分かれて話をしてるんだけど……。

「康貴くんから何したって、愛沙《あいさ》ちゃんは喜ぶんだし……いっそ押し倒しちゃえばそれでいいもんね」

「あはは……まぁそうじゃなくても、康貴にぃからちょっと迫ればそれで解決しちゃうもんね」

「うん……でも……」

　そう……。

「そこまで背中を押してあげたくは、ない」

「ねー」

　そうなのだ。

　私たちのアドバイスで、二人は多分あっさり一線を越える。

　でもその決定的なきっかけを、私たちから与えるのはちょっと……流石《さすが》に嫌だった。

「どうしよっか」

「ちょっと提案というか、私アルバイト増やしたって言ったでしょ？」

　有紀《ゆうき》くんには先にそっちの話をしちゃおう。

「そういえば！　ホテルだっけ？」

「うんうん。外国語の勉強しておきたかったからそうしたんだけど、ここ、結婚式もやってるんだよね」

「それって……」

有紀くんがどこか悟ったような表情になる。

「ブライダルフォトとかあるし、プロポーズのサプライズ演出とかしてて、流石に結婚式させるわけじゃないけど、まぁ要するに、康貴にぃがそこまで覚悟を見せるならもう、いいかなって」

私はもうそれなら、二人を応援できるけど……。

「うぅー……」

問題は有紀くんだった。

「まなみちゃん、このためにボクのこと呼んだのかぁ」

「あはは。流石にここまでやるなら、有紀くんにも話しておかないといけないないなと思って」

「それは嬉しいんだけど、ボクにとっては結構覚悟がいるなぁ……これ」

有紀くんが頭を悩ませる。

背中を押せば二人はもうそのまま、私たちじゃどうしようもないところにいってしまう

ていた。

でも私は、二人が二人でそうなるより、私がそうしたと思えるほうがいいと、そう思っ

可能性だってある。

そして……。

「わかった。ボクも乗るよ」

「えへへ」

有紀くんも、同じ結論になったみたいだった。

「ここまでやって何も進まなかったら、本当にボクがもらっちゃうけどね」

「そのときは私がライバルかなー？」

「手強《てごわ》いなぁ……それは」

二人で笑い合う。

二人とも多分、こうやって笑っているのも楽しいんだ。

だから……。

頑張ってね、康貴にぃ、お姉ちゃん。

◇

「康貴にぃ、作戦が決まりました！」

愛沙の部屋に入ってしばらく経《た》ったところで、まなみに呼び出されて再びまなみの部屋に戻る。

座るなりびしっとまなみが指を突き立てて作戦があると言ってきたんだけど……。

「私の新しいバイト先に招待するから、そこでお姉ちゃんといい感じになってもらいます！」

「新しいバイト先……そうか、バイト増やしたんだったな」

「うんうん。結構いいホテルで働いてるんだよー？　でね、ウェディングフォトって言って、ウェディングドレス着て写真撮れるサービスがあるから、それやろ！」

「ウェディングドレス……え？」

色々飛びすぎてて頭が追いつかない。

「お姉ちゃんきっとびっくりすると思うから、一緒にサプライズってことでさ」

「ウェディングドレス着るなら体型とかいろんな準備がいるけど……愛沙ちゃんなら大丈夫そうだよね」

有紀が自分の身体《からだ》を見てため息をつきながら言う。

「お姉ちゃんはまぁデート前毎回気合い入れてるから大丈夫だと思うけど、そこは私もい

るし任せてくれてだいじょぶ！」

さらっと出てきた情報だけでちょっと嬉しくなる。勝手に聞いていいのかという話もあるけど。

「と、いうことで、康貴にぃはお姉ちゃんをデートに誘って、私も予約進めちゃう！　実はね、クリスマスイブってゲストが喜ばないし学生しか休みじゃないから、時間取りやすいんだよね」

「クリスマス……」

「康貴くん、ここで決めないと私が無理やり奪いに行くから覚悟してね」

「それは……わかった」

有紀なりのエールなんだと思おう。

いやほんとにここでどうにかしないと有紀なら何かしかねないけど……。

ともかく二人のおかげでやるべきことが固まった。ウェディングドレスだけでもかなりのサプライズになると思うけど、もう一つ、愛沙にプレゼントを用意することを決意する。

あのとき愛沙が書いた紙に残ってた消しあとは、キスと……。

クリスマスまで時間も限られてくる。頑張ろうと思った。

二人の飛躍

「にしてもすげーな。転入してきたときの姿を思うとあんなの想像できねえからな……」

「というか康貴、そろそろ助けてやらないでいいのか？」

休み時間。クラスメイトたちに囲まれる有紀を眺めながら、暁人《あきと》と隼人《はやと》が俺に言う。

「まぁ秋津《あきつ》とか東野《とうの》とか愛沙がいるし、なんとかなるんじゃないか？」

「まあ、なぁ……」

昼はともかく、長い時間じゃない休み時間はこうして、席が近い男子だけで集まることが多い。

と、トイレに行っていた真《まこと》も戻ってきて話に加わった。

「今朝のテレビの影響だよなぁ、廊下にまで人来てたぞ」

そう。有紀が囲まれているのはその影響だった。

あの文化祭での公開告白以来学園中の注目の的ではあったんだが、ここに来てついに朝のニュース番組で短い特集に取り上げられ、一気にファンが増えたようだった。

聞こえてくる会話は有紀のアーティスト名、ゆきうさぎを持ち上げるものばかり。

「テレビすごかったねー！　今話題の若手シンガー特集、メインだったじゃん」

「えっと……あはは、ありがと……」

「応援してる！　動画よく聞いてるんだよー」

クラスメイトに囲まれタジタジとなる有紀。時折視線をさまよわせてこちらを見るんだが、流石にあの人だかりを助けに行く勇気はない……。

まあ休み時間もすぐ終わるし、しばらくの我慢だと割り切ってもらうことにした。あとで飲み物くらい奢《おご》ってあげよう。

「女子たちも助けないのはあれか？　ファンサービスの練習ってことか？」

「まあそういう面もあるかもだけど、助けたところでまたどこかで囲まれるし、早く消化しちゃおうって感じかもな」

「なるほど……」

それだけ有紀の人気はすごいんだ。

愛沙もクラスで目立つ存在ではあったが、もうその比じゃぁないからな……。

「そういや妹ちゃんも、なんかすごいことになってんじゃなかったか？」

「どこで聞いたんだ」

「高西《たかにし》姉妹の話は藍子《あいこ》から、だな」

暁人が言う。

そう、まなみもすでに大会で結果を出し始めているのだ。

もともとのとんでもない身体能力に加えて、最近だと助っ人《すけと》にいくこともなくひたすらボルダリングに打ち込んでいるということもあり、メキメキ力をつけているらしい。

まなみいわく、今は運動能力より頭を使うシーンが多いらしく、そっちの勉強で忙しいとのことだった。

驚いたことにもう日本を代表する選手と交流があって一緒に練習もしているとか……。

恐ろしいコミュニケーション能力だ。

「康貴の周りはすごい子が集まるな」

「いや、あの二人はなんかちょっと、俺の理解を超えてるけどな……」

有紀もまなみも、本当にとんでもないなと改めて思う。

部屋で家庭教師をしているときのまなみは妹でしかなかったけど、一歩外に出れば、あっという間に手の届かないところに行ってしまうわけだ。

有紀なんて、引っ込み思案だったあの性格を瞬《また》く間に克服して、目立つ道に自分から踏み出していった。

「そのすごい子たちがみんな露骨にお前のことを好きなのも、すげえことだけどな」

暁人の言葉にどう返していいか迷っているうちにチャイムが鳴ってそれぞれ散っていった。

◇【愛沙《あいさ》視点】

「そのすごい子たちがみんな露骨にお前のことを好きなのも、すげえことだけどな」

ちらっと聞こえてきたその言葉が、授業が始まってからもずっと頭の中をグルグル回っていた。

本当にそのとおりだった。

まなみも、有紀《ゆうき》も、二人ともすごい子なんだ。自分で自分の夢を決めて、自分でしっかりそこに向けて歩き出して、そして結果も出している。

近くにいるからこそ、そこに至るまでにどれだけ頑張っていたかがわかって、私は二人に、敵《かな》わないなって思っちゃう。

でも……康貴《こうき》のことだけは、負けたくない。いや、負けてないんだ。

康貴はこんなすごい子たちを、有紀なんてきっぱりと振って、私を選んでくれている。

それはたまらなく嬉《うれ》しいけど、やっぱりどうしても、私でいいのかなって悩んじゃう気持ちもある。

もっと康貴に好きになってもらいたい。

もっと康貴と仲良くなりたい。

もっと康貴と……。

そんな考えで頭がいっぱいになったせいで、いつの間にかノートに……。

まずいまずい、私のノート、康貴が幕府を開いたことになってる⁉

「──っ⁉」

慌てて消して板書をやり直す。

こんなんじゃダメなのに、どうしても頭に残った言葉は離れないようだった。

◇【有紀視点】

授業が始まって、ようやく落ち着くことが出来てホッとする。

と同時に、目で追うのは康貴くんではなく、愛沙ちゃんだった。

愛沙ちゃんはライバルだ。そう、ボクは思ってる。

最初はボクの転入がもっと早ければなんて思ったけど、愛沙ちゃんを見ているうちに気付いちゃったんだ……。

多分ボクは、あのままこの場所を引っ越さなくたって、康貴くんとは付き合えなかった

だろうなって。

だって愛沙ちゃんは、いつだって康貴くんに夢中で、いつだって康貴くんのことを想《おも》って行動してる。

それはもちろん恋人だからというのもあるけど、同じように好きで、同じように本気になったボクだからわかる、もっと深い何かが愛沙ちゃんにはあった。

それはどうしたって、ボクも、まなみちゃんも敵わない、愛沙ちゃんの強さだ。

ボクはどうしたって、自分のことでいっぱいいっぱいになる。まなみちゃんだって、本当に色々頭が回るけど、だからこそ、そこまで一直線にはなりきれないと思う。

だから、ボクが愛沙ちゃんに敵わないことは、それはそれでいいかなと思っちゃう部分もあるんだ。

もちろんあんなに派手に振られたってまだ好きな気持ちがあるくらいだけど、それでも負けるなら、愛沙ちゃんに負けたい。

ライバルなのに応援したくなる、ほんとに不思議な関係だった。

今はちょっとだけ、ぎこちなくなってるみたいだけど……。

「うまくいくといいね、二人とも」

誰にも聞こえないようにつぶやく。

不思議なくらい胸はすっきりしていて、清々《すがすが》しい気持ちだった。

クリスマスイブ

「康貴……今日って……」

「今日は一日任せてほしい」

「……うん」

あっという間にクリスマスイブになってしまった。

平日だが学園はもう冬休みに突入している。まなみも二学期のテストを何とか乗り越え、どころか過去最高の成績を叩《たた》き出し、特に英語は本人も頑張ってるようで目覚ましい成長を見せてくれていた。

俺もまなみの家庭教師のおかげで地力が高まっていて、テストの成績は徐々に上がっている、というのに愛沙には勝てないという状況が続いてたんだけど……。

まぁそれはいいとして、とにかく本当に気付けば、この日がやってきていた。

「寒くないか？」

「うん、大丈夫、だけど……」

愛沙はそう言いながら、赤くなった手に息を吐きかけて温めていた。

「手、繋ごう」

「ん……」

まだやっぱり、ぎこちなさが残るけど、それでも今日はちょっと強引に、愛沙の手をとって包み込む。

向かう先はまなみのアルバイト先のホテル。地元の駅ながらしっかりしたところだ。ちなみに何も聞かされていない愛沙はどこに行くかもわからず不安そうについてきている。

「こっちのほう、あんまり来ないもんな」

「どこに行くの……？」

「内緒」

「むぅ……」

膨れる愛沙が可愛《かわい》い。

普段使うデパートは駅と一体化したビルだし、ゲームセンターなんかがあるのももう少し駅の近く。ホテルがあるような通りにはほとんど来ることがないから、地元ながら新鮮だ。

もちろん車で通ったり何度か見ている景色ではあるけど。

「こっち、何があったかしら……」

愛沙がそんなことをつぶやく。どんな反応を見せるか楽しみにしながら、目的地に向かって歩いていった。

◇

「え？　ここって……」

「まなみのアルバイト先だから知ってるかと思ったけど」

「来たことはなかった、というか今日って……？」

「まぁ、とりあえず入ろう」

「いいのかな……こんな格好で……」

「落ち着いててむしろよく合ってると思うけど」

愛沙が着てきたのはデートで俺が選んだいつも以上に落ち着いた清楚《せいそ》な服だった。コートも派手な色じゃないし、よく似合っている。

一方俺も愛沙に選んでもらった服だ。まなみが違和感ないって言ってたし大丈夫だと思う。

「ようこそお越し下さいました」

受付の人の所作にこちらまで緊張してしまいそうになる。まなみすごいな……ここで働

いてるのか……。

「えっと……藤野《ふじの》で見学予約を……」

「藤野様ですね、お待ちしておりました。係りの者が参りますのであちらでおかけになって お待ち下さい」

示された先にあるソファが高級そうすぎてちょっと躊躇《ためら》うが、ひとまずそちらに歩いていこうとしたところで――

「あ、お姉ちゃん、康貴にぃ」

「まなみ」

「えへへ。ご案内いたします、こちらへどうぞ」

「おお……」

挨拶だけしたかと思うとすぐ仕事モードに切り替えたまなみ。もともと姿勢もよかったしやろうと思えば出来たんだろうけど、立ち姿だけで普段と違いすぎて何故《なぜ》かこちらが緊張してしまった。

エレベーターに入って三人になったところで、ようやくまなみがいつもの調子に戻って声をかけてくる。

「えへへー。二人ともようこそー！」

「まなみの差し金だったの？　今日私何も聞かされてないんだけど……」

「んー、私から誘ったけど、色々準備してたのは康貴《こうき》にぃだからなぁー」

「準備……？」

「そうそう。今日はね、お姉ちゃんにウェディングドレスを着てもらいます！」

「ウェディングドレス……ウェディングドレス⁈」

「到着でーす」

混乱する愛沙《あいさ》を他所《よそ》に案内を再開するまなみ。連れてこられたのは結婚式の打ち合わせに使うスペースのようだ。きらびやかなドレスや装飾品が並ぶスペースを抜けて、座らされる。

「お飲み物お出ししますね、こちらからお選び下さい」

まなみから手渡されたタブレットには十種類ほどの飲み物。そのへんで頼んだら千円近くしそうな雰囲気すら感じるメニューだった。

「康貴にぃ、期間限定の紅茶おすすめだよ？」

助かる。自分で選ぶのに困るくらい色々あって戸惑ってたところだった。

「じゃあそれで」

「私も……」

「かしこまりました、少々お待ち下さい」

そう言って引っ込んでいくまなみと入れ替わるように、一人の女性がやってくる。

「はじめまして。本日担当させていただきます東野《とうの》と申します」

「ありがとうございます……」

名刺を渡される。ウェディングプランナーと書いてあるのを見て、背筋が伸びた気がした。

一方で愛沙は名前を見て反応をする。

「東野って、もしかして……」

「ふふ。いつも娘《藍子》がお世話になってます」

「やっぱり！　こちらこそ……その……」

「よく話は聞いてるわ。今日もまなみちゃんからお話聞いて、楽しみにしてたの。愛沙ちゃんにウェディングドレス着せられるって」

東野の母親だったのか。愛沙の緊張がこころなしか和らいだ気がする。

ちょうど飲み物を運んできたまなみがウインクしてきた辺り、狙ってたんだろうな。

「えっと、今日私何も聞かされてないんですけど……」

「あらあら、じゃあちょっと説明しちゃうわね」

そう言って改めて打ち合わせスペースに座る。まなみが飲み物を出してくれるのを待ってから、話が始まった。

俺もまなみに任せきりでいまいちわかってなかったから助かるな……。

「まずは申し込んでいただいた内容だけど、今日は愛沙ちゃんにウェディングドレスを、藤野くんにはタキシードを着てもらって写真を撮る、ウェディングフォトというものになります。で、せっかくなので今日空いた時間に式場見学を、その格好でやってもらおうと思ってるの」

俺もだけど隣にいる愛沙の顔が説明が進む度に赤くなっていく。

「ちょっと康貴⁉　聞いてないんだけど⁉」

「内緒にしてたから……」

「もうっ！」

それでも表情がわかりやすく浮かれているので、失敗ではないんだろう。東野さんの隣に座ったまなみもニヤニヤ見守っている。

そしてもう一つ、愛沙には伝えていないサプライズがある。

「ふふ。というわけで、さっそくだけど試着室に向かいましょうか。愛沙ちゃん可愛いしスタイルいいから、私も楽しみだったの」

東野さんに先導されて、俺たちは試着室へと向かっていった。

◇

「あれ、ここで分かれるのか」

「うん、男性用はこっちだから、康貴にぃはこっちだよ」

まなみに言われて愛沙と別行動になることを知らされる。

「愛沙ちゃん、びっくりするくらい可愛くしちゃうわね」

「えっと……」

不安そうにこっちを見る愛沙に笑いかける。

「楽しみにしてる」

「……うん」

「はいはーい、行くよー！　康貴にぃ」

「ああ」

まなみに連れられて別室に向かう。

これはこれで良かった。実はまなみに相談したいことがあったから。

「まなみ、ちょっと相談なんだけど……」

「んー？　何でも言って！　お姉ちゃんのほうが準備時間かかるだろうしさー」

そう言って笑いかけてくるまなみに、かばんから取り出したものを見せる。

「これなんだけど……」

「これって……なるほど！　お姉ちゃん喜ぶと思うし、もともとそういうのやる人用のプランだし、うんうん！　なんとかする！」

「大丈夫なのか？　色々……」

「だいじょぶ！　というより康貴にぃこそ、結構お金かかっちゃったけど大丈夫？」

まなみが心配してくる。

ウェディングフォトもこれもまぁ、ただじゃないからな……。

とはいえ学生のアルバイトで賄える範囲だった。それに、全部ここでつぎ込むことに抵抗はない。

「むしろここまでやってくれるのにかなりサービスしてくれた値段だろ？　ありがとな」

「あはは。そのへんは私より東野さんがいたのがラッキーだったかも？」

言いながらテキパキと準備を進めるまなみ。

もうすっかり働くことに慣れてきているようだ。

「すごいな、まなみは」

「えへへ。褒めて褒めてー」

撫《な》でてとアピールしてきたまなみを撫でる。仕事モードと表情がコロコロ変わって可愛《かわい》いんだが、ホテルの従業員らしいきっちりした服装でこれをやられるとちょっといつもと違って不思議な気持ちになるな。

「ふふ。さあ、これ着て、これは私が持っていくから一回預かるね」

「わかった」

まなみにタキシードを渡され試着室に向かう。

男物はそんなに着替えが大変じゃなくて良かった。ただ……。

「着られてる感がすごい」

鏡に映った自分を見てつぶやく。

「康貴にぃー、着替え終わったー？」

まなみに呼びかけられてカーテンを開けると……。

「おお……かっこいい」

まなみの表情がいつもと違ってちょっと赤らんだせいで変に恥ずかしくなってくる。

「着られてる感がすごいけど……」

「そんなことないよ！　慣れてないだけで！　靴これでいいかなー？」

ハンカチやらカフスなんかの小物類も合わせていき、準備が整って、改まってまなみが言う。

「えへへ、なんかほんとに結婚しちゃうみたいだねぇ、こうしてると」

「それはちょっと感じて緊張してるところだけど……」

「あはは。まぁまぁ、私と東野さんだけなら緊張もしないでしょ？　カメラの人はプロが来てくれるけど」

「それはちょっとありがたいな」

「えへへ」

まなみには本当に色々感謝しないとだな。

「よーし、そろそろ行こっか。式場で落ち合うことになるけど……お姉ちゃん綺麗《きれい》すぎてびっくりしちゃうかも？」

「楽しみだな」

まなみに連れられていよいよ式場に向かうことになった。

◇

「じゃぁ康貴にぃはここでお姉ちゃんが来るのを待っててね」

「ああ……」

教会型の式場。俺は先に入場して愛沙を待つという段取りらしい。

緊張してきた……。

まなみがそんな俺を見て「にしし」と笑いかけてきたと思うと、突然音楽が鳴り始める。

クラシックの演奏が厳かな雰囲気を演出したところで、扉が開かれた。

「おお……」

思わず声が漏れる。

現れた愛沙は、純白のドレスを身にまとい、演出も相まってあまりにその……神々《こうごう》しかった。

その愛沙がゆっくり一歩ずつ、こちらに歩み寄ってくる。

本来の結婚式なら、一般的に父親と一緒に入場して、俺の立っている位置で父親から俺に娘を託す、みたいな意味合いを持った儀式になるらしい。

そんなことを考えてでもいないと、近づいてくる愛沙に緊張してしまって頭がパンクしてしまいそうで、とりとめもないことをグルグルと考え続ける。

そうこうしているうちに、目の前まで愛沙がやってきていた。

思わず息を呑《の》む。完全に見惚《みと》れてしまって固まっていたんだが、それは愛沙も同じだっ

たようで、目があった途端こう言った。

「……なによ」

その一言でなにか安心して、ようやく愛沙《あいさ》をじっくり見ることが出来るようになる。

化粧も髪飾りもネックレスも、どれも、何もかもがプロの選んだものなんだとはっきりわかる。ドレスに負けないきらびやかさと、愛沙らしさみたいなものがしっかりと強調されている。

「その……綺麗すぎて……」

「っ⁉　もうっ！」

つい口をつくといった感じで出た感想に、愛沙が顔を真っ赤にする。

そうこうしている間もカメラマンが色んな角度から写真を撮ってくれていた。

「それで……このあとってどうするとか、私聞いてないんだけど……」

そうだ。愛沙にはあれのことは伝えてない。

神父がいるわけでもない教会だ。出来るのはあと、記念撮影くらいだと思っていると思うけど……。

「それでは！　新郎新婦に、指輪を交換していただきましょう！」

東野さんの宣言に愛沙が戸惑っていると、ライトが切り替わってまなみを照らし出した。

「え、なになに⁈」

愛沙が驚く。まなみが持ってるものを見てさらに混乱していた。

「あれって……あれもレンタルで……？」

「いや、あれはその……俺が、用意したんだよ」

「えっ」

愛沙が何か言いかける前に、まなみが到着する。クッション型のリングピローに載せた指輪を差し出して、東野さんの言葉を待った。

「新郎から新婦へ、指輪が贈られます」

戸惑う愛沙にまなみが耳打ちして、ウェディンググローブをゆっくり外していく。

「えっと……いつの間にこんなの……」

「恋人っぽいことを書き出してたとき、ペアリングって書いてくれてただろ？」

「っ⁉　見たの……⁉」

「消しあとが残ってたから……」

「――っ⁉」

愛沙の顔がこれでもかというくらい真っ赤に染まる。

「驚かせたくてここまで黙ってたんだけど……」

「びっくりしたわよ！　ほんとに……ほんとに……もう……」

愛沙の目が潤んでいる。隣でまなみが笑っているから、これは嬉《うれ》しい方の涙だ。

「指輪、受け取ってくれる？」

「……もちろん」

愛沙の左手がそっと差し出される。

まなみから指輪を受け取り、薬指に通すと……。

「あー、泣いちゃった」

「だって……もうっ！　こんなのずるい……！」

「あはは。じゃあ次はお姉ちゃんだよ？」

「……うん」

まなみがアイコンタクトを送ってくる。

涙を拭うために、と言って渡されていたハンカチを愛沙の顔にそっと当てた。

「もう……」

そう言いながら睨《にら》んでくるが、その顔から怒りは感じ取れない。むしろ逆の感情があふれるのを必死に堪《こら》えているようだった。

ああ、もしかすると愛沙はずっと、そういう表情を見せてくれていたのかもしれないな

……。

「これ、私が見てたやつだ……」

「よかった」

「なんで……」

「デートのとき、それとなくそういう店の前を通って、愛沙の視線を追ってた」

「うぅ……」

悔しそうな、それでいて嬉しそうな、そんな複雑そうな顔で、俺の指にも指輪がはめられた。

「はい、じゃあ堅苦しいのはここまでで、あとは気楽に写真撮ってもらってくればいいんだけど……」

東野さんが近づいてくる。

「ちょっとだけお化粧直しちゃうわね。もう泣き止《や》んだ？」

「……はい」

「ふふ。じゃ、任せて」

流石《さすが》プロというか……いや普通、一人でここまで全部出来るものなんだろうか……？

着付けから化粧まで全部やってくれた東野さんはあっという間に化粧直しも完了させ、そ

れからは結構自由に色んなポーズを要求され、写真を撮られ続けることになったのだった。

聖夜

ていた。

ホテルを出てからの愛沙はしばらくこんな様子で、俺の肩に軽い八つ当たりを繰り返し
「もう……もうっ！」

「悪かったって、隠してて」

「うぅ……でもそれが嬉しかったから……もうっ！」

ぽふ、と音がしそうな柔らかいパンチが肩や腕を襲う。

複雑な心境のようだった。

「いつの間に買ったのよ、指輪なんて」

今は右手に付け替えられたペアリングを見ながら愛沙が言う。

いわく、左手は本番まで取っておきたい、とのことだった。

「まなみにこれを誘われたときに思いついてさ」

「それでまなみ、私の指に紐《ひも》をくくりつけたりしてきたのね……」

サイズを教えてもらうために頼んではいたけど、割と露骨にやったようだった。まなみ

が普段から謎の行動が多いおかげで怪しまれなかったのは幸いだ。

「で、どうだった？　サプライズで、クリスマスプレゼントのつもりだったんだけど」

「うぅ……ずるい……」

その言葉だけで色々伝わってくる。

愛沙は顔を赤くさせ、ちょっと拗《す》ねたように顔を逸らしていた。

どうやら成功と見ていいようだ。

「こんなにしてもらっても、私ちゃんと返せないのに……」

愛沙がそう言って唇を尖《とが》らせる。

「俺がしたかっただけだから」

「もうっ！　それがずるいのに！　もうっ！」

しばらく愛沙の攻撃は続きそうだった。

◇

「落ち着いたか？」

「……ん」

まだちょっと口を尖らせながらも、予約していたレストランに入ってようやく愛沙が落

ち着いてくれたようだった。

料理を待つ間に、愛沙がかばんをゴソゴソといじり始める。

「あんなことされたあとじゃあれだけど……これ、私からのクリスマスプレゼント……です」

「おお……開けていいの？」

「うん……」

渡された袋を開けると……。

「あ……これ……」

中身は一つじゃなかった。

まずは筆箱。今使ってるのがちょうど傷み始めて、いつか替えないといけないと思っていたところだった。

次に手袋。寒くなってきて、自転車を乗るときなんかはほしいと思っていたところ。

そして……。

「これ、手編み？」

「ん……ちょっと失敗しちゃったけど……」

手編みのマフラー。

多分他の二つは、愛沙《あいさ》としては失敗した分、くらいの感覚なのかもしれない。

でも俺には失敗と言われてもどこかわからないくらい完璧で、一番嬉しいプレゼントだった。

「その……康貴《こうき》って結構、ベタなプレゼントが好きだと思ったから……」

「そう聞くとなんか恥ずかしいけど……」

「ふふ。でも、嬉しそうでよかった」

「嬉しい、ありがとう」

何より、プレゼントのどれをとっても、普段から俺のことを見ていてくれないと思いつかないもので、だからこそ嬉しかった。

愛沙がどれだけ俺のことを想《おも》ってくれているかが伝わってくるようだったから。

ほどなくして料理が運ばれてきて、食べているうちにすっかり最初のぎこちなさも、お互いのプレゼントに対する緊張みたいなものもほぐれて、外に出たときにはもう、自然と手を繋いでイルミネーションが灯《とも》る町並みを歩いていた。

「きれい……」

「駅前はいつも賑《にぎ》やかでいいな」

「うん」

街路樹が彩《いろど》られ、カラフルに煌《きら》めく。

通りに面したお店ではどこも、クリスマスソングが流れていた。

「今日はもう、おしまい？」

愛沙がそう言いながら、手をぎゅっと握ってくる。

デートコースとしてはここまでだ。まなみのアルバイト先でのあれと、レストランでの食事くらい。

でも……。

「もうちょっと、一緒にいたい」

愛沙もそう思ってくれてると信じて、俺からそう切り出した。

愛沙は嬉しそうにうなずいて、駅を目指していた俺たちはそのまま駅を通り過ぎて、近くの公園まで歩いていった。

ただ……。

「えっと……移動、する？」

「これは……」

公園についてから気づいた。

今日はクリスマスイブ。考えることはみんな一緒のようで、ベンチはすべてカップルで

埋まっていた。

「とりあえず、歩こっか」

愛沙がそう言って俺の手を引いたが……。

「康貴……？」

「座る場所はないけど、ちょっといいかな？」

俺が愛沙をその場に留《とど》めた。

あのときの消しあとで見えたもう一つの愛沙の望み。

そして、俺にとっても……。

深呼吸する。俺の意図は多分もう、愛沙にも伝わっていた。

「愛沙」

「はい……」

「好きだ」

「んっ⁉」

ホントはもっと余裕を持って、愛沙に同意を求めてとか、いろんなことを考えていたけど、一度決意して、それから愛沙の顔を見てしまったら、自分でもびっくりするくらい、少し強引に愛沙の唇を奪っていた。

「んっ……んむっ……ぷはっ」

しばらく唇を合わせてから、ゆっくり離れると……。

「んっ！」

「んんっ⁉」

今度は俺が驚かされる番だった。

俺が離れようとしたところを愛沙がぎゅっと抱きしめてきて、そのままもう一度唇を合わせてきたのだ。

自分からやったときならともかく、愛沙から、しかも不意打ちだったせいで呼吸もままならなくなる。

ただそれは愛沙も同じだったようで、苦しくなるほどの時間はかけず、ゆっくり唇が離れていった。

ただ、抱き合った身体《からだ》はそのままだ。

「もう……今日はびっくりさせすぎ……！」

「今のはお互い様じゃないのか？」

「うぅ……それでも！」

言葉と表情とは裏腹に、ギュッと俺に顔を埋めるほど抱きついてくる愛沙を抱きしめ返

す。

「愛沙」

「なによ……」

「好きだ」

「うぅ……私も……康貴が好きです」

そう言い合って、どちらからでもなく、もう一度唇を重ね合わせていた。

年越し

「あけましておめでとう」

「えへへ……おめでとう」

隣にいる愛沙がこてんと俺の肩に頭を乗せてくる。

新年。愛沙と俺は年越しの瞬間を愛沙の部屋で迎えていた。

ちなみにまなみは今日有紀《ゆうき》のところに泊まってくるとのことらしい。

あのクリスマスから今日まで、冬期講習という名目でまなみの家庭教師は結構な数をこなした。

と同時に、まなみは有紀といる機会がどんどん増えていったようにも思えていた。

「康貴と二人で年越し出来るなんて、夢みたい」

「そこまでか……?」

「じゃあ康貴は去年、こんなこと想像出来た?」

「それは……」

そうだ。夏休み前、まなみの家庭教師を始めるまでの俺と愛沙は、クラスメイトだとい

うのに一言も会話がないほどまでに疎遠だったんだ。

「今じゃ考えられない」

「ふふ……そうね」

二人で笑い合う。

本当に色々あった半年だった。

「康貴はほんとに、私で良かったの？」

愛沙がふとそんなことを聞いてくる。

この一ヶ月くらい、愛沙が気にしていたのはまさにそこだったんだろう。キスをしたくて焦《あせ》っていたのも、その延長だと思うと納得がいく。

ただ今回の質問に、不安げな声音は見えない。もう俺がなんて答えるか、確信を持って聞いてきていた。

「もちろん」

「ふふ」

クリスマスのデート。やりすぎだと思うくらいに色々詰め込んだあのデートは、結果的に愛沙の不安を払拭《ふっしょく》出来たようだ。

「色々考えてたけど。恋人らしいとか、周りのカップルの影響で」

「うん……」

「俺たちらしい感じになった、ような気もしてて、良かったかなって」

「ふふ」

愛沙《あいさ》はまた柔らかく笑う。

「そう、ね……」

「愛沙とじゃなきゃ、俺はクリスマスにあそこまで出来なかったと思うし、今だって一緒にいて一番幸せなのは、愛沙だから」

「えへへ。私ね、どうしても有紀とかまなみみたいにはなれなくて、だからずっと、焦ってたんだと思う」

愛沙が話し始める。

「康貴《こうき》があの日あそこまでしてくれたのを見て、ようやく自信が持てた気がしてる。ほんとはもっと前から、康貴はずっと私だけを選んでくれてたのに……でもね、もう大丈夫」

そう微笑《ほほえ》む愛沙の表情は、本当に綺麗《きれい》で、思わず顔を逸らしそうになってしまう。

というより……。

「むしろ俺のほうが、愛沙が俺で良かったのかって思うんだけど……」

もう秋津《あきつ》と付き合ってるとはいえあのハイスペックイケメンの隼人《はやと》をはじめ、学園中か

ら注目を集める美少女なんだ。それこそ本当に、俺なんかが一緒にいていいのかと思う場面がいくつもあった。

「康貴ももう、わかってるでしょ？」

「まぁ……」

今はもう、愛沙の隣にいることに負い目はない。

容姿や能力じゃなく、ただただ俺が一番愛沙のことを好きで、愛沙のことを考えていると、自信を持って言える。それだけで、隣にいる理由としては十分だと思えるようになった。

だから胸を張って、俺は愛沙が彼女で良かったと思うし、これからもそうだ。

恋人らしさが何かはよくわからなくても、愛沙とどう過ごしていけばいいかは少し、わかってきた気がするから……。

「来年も、一緒がいいな」

「そうだな」

除夜の鐘が鳴り響く。

明日は朝から皆で初詣に行く予定だが、もうしばらく、こうして二人の時間を楽しむことにした。

エピローグ　初詣

「あけましておめでとー！　お姉ちゃん、康貴にぃ！」

「おめでとー二人ともー！」

「おめでとう、まなみ、有紀」

「おめでとう」

元日の朝、近所の、それでもそれなりに大きな神社に四人で集まる。

改めて三人の格好を見てちょっと気後れするというか……。

「すごいな」

「えへへー、可愛《かわい》いでしょ」

「どう……かな？」

まなみが自慢げにクルクル回り、有紀はちょっと恥ずかしそうに髪を押さえながら聞いてくる。

二人とも華やかな着物を着こなしていた。

「なによ……」

そして愛沙も……。

「綺麗だなと思って」

「――っ！　もうっ！　ありがとっ！」

それっきり俺から顔を逸らす愛沙。俺が何か言うより先に、まなみと有紀がこちらに迫ってきていた。

「康貴にぃ！　私のほうが先だったのに！」

「ボクだって……今日くらいもうちょっと見て！」

さっきまで恥じらってたのが吹っ切れたようで二人が摑《つか》みかかる勢いでこちらにやってくる。

それを見ていた愛沙が笑いながら俺の手を取った。

「あっ！」

「愛沙ちゃんずるい！」

「いいでしょ、康貴は私の……彼氏なんだから」

「うぅ……」

愛沙が俺を守るように手を引いて抱きついてくる。

流石《さすが》に恥ずかしいやら何やらで目のやりどころを探していると……。

「あれ？　暁人《あきと》」

「よぉ、目立つなお前ら」

「藍子《あいこ》も！」

「みんな一緒なんだね～。あけましておめでとう」

暁人と東野《とうの》が二人で来ていたようで合流する。

まあ学園生が一番集まるのはこの神社だよな。となると……。

「おっ、どうも目立った集団だと思ったら……」

「おーおー、あけおめあけおめあけおめー！」

隼人と秋津も合流した。

そしてその後ろ、身長が大きいからよく目立つ真《まこと》と、隣にちょこんと付いてきている加《か》納《のう》の姿も見える。

「なんだよ、示し合わせたわけじゃないのに集まっちまったのか」

「ん……あけおめ」

二人とも挨拶を交わして、結局修学旅行のときのメンバーが揃《そろ》う。今日はまなみもセットで。

「よし、初詣終わったらどっか行くか！」

真がそう言うと秋津が乗っかる。

「いいねえ！　せっかく着物着てきたし」

「プリクラとか撮る？」

「入るか？　この人数」

わいわいと、なんだかんだで有紀も、学年が違うのにまなみも混じって楽しげな会話が繰り広げられる。

そういえばこんな光景だって、俺は愛沙と話し始める前までは、教室の隅から眺めてただけだったんだな。

と、そんなことを考えているといつの間にか近づいて来ていた暁人がポンと肩を叩《たた》いてきた。

「おいおい、何ぼーっとしてんだ、新年早々」

「ああ、ちょっとこのメンバーの中にいる自分ってのがこう……意外というか」

「まぁ、夏休み前までの康貴を知ってたら確かにな」

「暁人もそうなんだけどな」

「それはまあ、な」

こんな大人数の中でも、暁人とはやっぱりどこか波長が合って、気楽に喋《しゃべ》れるなと実感

する。

「ここまで揃ったなら俺らもどっかで着物借りてくか？」

隼人が肩を組むように俺と暁人の間に入ってきて言う。

「おっ、それもいいかもなぁ。なんせ年明けから揃うなんて、幸先《さいさき》いいよな」

真も混ざってきて楽しげに笑う。

本当に気の良い《い》友人に恵まれた。

「よーし、じゃあさっさとお参り済ませちゃいますかー」

「莉香子《りかこ》……神社でそれはどうなのよ」

「あはは」

女子たちの会話に混ざるまなみと有紀《ゆうき》も、付き合いの短さを感じさせないくらいに馴染《なじ》んでいる。

もちろん人懐《ひとなつ》っこいまなみの特性も、有紀のスペックの問題もあったりするけど、愛沙の周りに良い友達が集まっていたことに何か妙な安心感みたいなのを覚えていた。

「そろそろ、行く」

加納がそう言って皆《みんな》が動き出す。

その様子をどこか遠い景色を眺めるように見ていたんだけど……。

「康貴、行こ？」

愛沙が俺に手を伸ばしてくれる。

「ああ」

そうだ、まさにこんな感じで、愛沙との縁が皆を繋いでくれたんだな。

「康貴にぃ、何お願いするのー？」

「ボクは康貴くんがなびいてくれますように、かな？」

「ちょっと有紀⁉」

笑い合う皆と一緒に、願い事を頭に思い浮かべる。

隣に並んだ愛沙が、こっそり耳打ちしてきた。

「ねぇ、康貴のお願いは何？」

「それは……」

今年一年、いや、これからもずっと、こんな景色が見られますように、と。

その景色の中心は当然……。

「愛沙とずっと、一緒にいられるように」

「っ⁉　もうっ！」

バンッと肩を叩かれる。

「愛沙はどうなんだ？」

「それは……私も……」

顔を真っ赤にしてそっぽを向きながらも、俺の服の裾は絶対に離さない愛沙が可愛かった。

「来年も一緒に来ような」

「うんっ！」

笑い合って、どちらからともなく手を繋《つな》ぐ。

皆を追いかけて歩くだけでもワクワクして足取りが軽くなった。

しばらく疎遠だった幼馴染《おさななじみ》だけど、今年からはきっとまた、ずっとこうして一緒に過ごすんだろう。

神様に願わなくたって、自信を持ってそう思えるくらい、隣を歩く幼馴染は満面の笑みで笑いかけてくれていた。

あとがき

どうも、すかいふぁーむです。

ツンデレ美少女が好きで書き始めたこの小説も気付けば四巻になってました。


この小説は何度かご紹介している通り、WEB連載していた小説を第五回カクヨムコンで拾ってもらって書籍化に至《いた》ったものです。一日早く別のが出てはいたものの、私にとってはほぼデビュー作ということで本当に色々な経験をさせてもらった小説でした。

最初はランキング作品を読み漁《あさ》り尽くした結果、自分で書いて自給自足《じきゅうじそく》しようみたいな意図があったんですが、気付けばこうして書籍化ということで……当初思っていたよりはるかに多くの方々にお読みいただいたと思っています。

書き始めた当時は書籍化なんて夢の話。この作品がランキングに入ったことで少しずつ他の作品も読まれるようになっていき、本作とほぼ同時に複数書籍化が出来たという経緯《けいい》があります。

そんな思い入れのある作品でしたが、お伝えした通り書籍化のことは考えずに書き始めた作品です。私の頭の中では康貴《こうき》と愛沙《あいさ》がくっついた時点で終わる話でした。

WEB連載のことしか考えてなかったので、書籍で言えば一冊分くらいツンを堪能《たんのう》したあとは、もうくっついてデレを楽しんで終わり——くらいしか考えていなかったので、前巻のあとがきでも書きましたが、三巻時点で結構苦戦しながら、くっついたあとの物語を考えてきました。一巻の時点でプールにも海にも行って水着回が二回もあるという、ペース配分無視のイベント尽《づ》くしの作品だったので、息切れしていました（笑）。

ということで、なんでこんなまとめをしていたかというと、一旦ここでこの物語は完結という形で、次に進もうと思っているからです。

康貴を取り巻く愛沙、まなみ、有紀《ゆうき》やクラスメイトたちですが、私としては書くのはとても楽しくて特典のショートストーリーなんかはノリノリで書いていたんですが、いざもう一冊書くとなると、多分もう康貴と愛沙について書くことがないというか、多分何事もなく結婚までいって幸せに暮らすだろうなと思っています。

それではちょっと書籍としては盛り上がらないので、ここで……と。

ここまで十分すぎるほど彼らの物語を書かせていただけたのも読者の皆様のおかげです。

何か機会があれば幸せに暮らす未来の話なり、まなみや有紀の話も書こうと思いますが、ここまでで、一区切りとさせていただければと思っております。

本当にありがとうございました。

最後になりましたが、葛坊煽《くずまちあおる》先生、いつも素敵なイラストを本当にありがとうございました。一巻時点からクラスメイトたちまでキャラデザして下さったり、宣伝イラストを描いていただくなど、葛坊先生なしではおさかては成り立ちませんでした！

担当編集小林さんにも毎回大変お世話になりました。ちょっと尺の都合で具体的なことが書き切れないのが心苦しいのですが、引き続きよろしくお願いいたします！

また関わっていただいた全ての方々にも、この場を借りて深く感謝申し上げます。

そして最後までお付き合いいただきました読者の皆様、改めて誠にありがとうございました。おさかてで楽しんで頂いた部分を色んなところに生かしながら、新作にもチャレンジしていこうと思います。是非《ぜひ》またお目にかかれることを願っております！

すかいふぁーむ

お便りはこちらまで

〒一〇二－八一七七
ファンタジア文庫編集部気付
すかいふぁーむ（様）宛
葛坊煽（様）宛

富士見ファンタジア文庫

幼《おさな》馴染《なじみ》の妹《いもうと》の家庭《かてい》教師《きょうし》をはじめたら4

彼女《かのじょ》になった幼《おさな》馴染《なじみ》とキスをした

令和３年７月20日　初版発行

著者——すかいふぁーむ

発行者——青柳昌行
発　行——株式会社KADOKAWA
〒102-8177
東京都千代田区富士見2-13-3
0570-002-301（ナビダイヤル）
印刷所——株式会社暁印刷
製本所——本間製本株式会社

※定価はカバーに表示してあります。
●お問い合わせ
https://www.kadokawa.co.jp/（「お問い合わせ」へお進みください）
※内容によっては、お答えできない場合があります。
※サポートは日本国内のみとさせていただきます。
※Japanese text only

ISBN978-4-04-074219-9 C0193

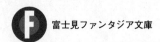

切り拓け！キミだけの王道
ファンタジア大賞
原稿募集中！
賞金
《大賞》300万円
《金賞》50万円
《銀賞》30万円
選考委員
細音啓「キミと僕の最後の戦場、あるいは世界が始まる聖戦」
橘公司「デート・ア・ライブ」
羊太郎「ロクでなし魔術講師と禁忌教典《アカシックレコード》」
ファンタジア文庫編集長
前期締切 8月末日
後期締切 2月末日
公式サイトはこちら！ https://www.fantasiataisho.com/
イラスト／つなこ、猫鍋蒼、三嶋くろね